N&K

Christoph Geiser

Kahn, Knaben, schnelle Fahrt

Eine Fantasie

Nagel & Kimche

Umschlag von Urs Stuber
unter Verwendung von «Spielplatz» von Paul Cadmus

ISBN 3-312-00207-9

Was ist denn dem Knaben zugestoßen, dem Knäblein im Schlafanzug, diesem Kind, daß es so blickt wie ins Leere, die schmalen Schultern so hängen läßt, so hingestellt vor die Holzwand, neben das Lichtbild von dem berühmten Berg, und so abgelichtet – von wem denn? Was ist denn?

Dresche gekriegt? Nein. Eher als stünde die Züchtigung erst bevor, als wäre mit Strafe zu rechnen – und man wär's längst gewöhnt: ertappt, zur Rede gestellt, stumm bleiben, denn alle Gegenrede wäre ja sinnlos; von einem Machtwort getroffen; abgelichtet für die Kartei, erkennungsdienstlich behandelt. Ein strafbares Kind? und es hätte gar nichts zu sagen? die Sprache verloren? Ein Schulkind, das Vokabeln aufsagen soll, und es hätte die Wörter vergessen, alle Wörter vergessen, alles Gelernte vergessen, die Mathematikarbeit zu lösen vergessen, alle Aufgaben vergessen – die Badehose vergessen, den Turnsack verloren, die Freiübungen verpatzt, den Bocksprung verfehlt – ein fehlbares Kind – denn es will nicht? es kann nicht? will keine Bocksprünge machen, will sich nicht anziehn, nicht ausziehn, vor dem Schularzt, dem Kinderarzt – vor der Impfung, der Musterung – vor dem Exekutionskommando, im Fadenkreuz schon, zum Abschuß frei, in einem Alptraum – aus einem Traum aufgestört – und erschrocken? sprachlos? Nichts als ein Kind? der Natur gemäß schreckhaft, strafbar und sprachlos?

Der dünne Strich grauen Flaums über der Lippe verrät den Beginn der Geschlechtsreife; eine schmale Lippe, wie angespannt, um die Zähne zu verdecken. Die Unterlippe, vergleichsweise fleischig und rot, läßt er unwillkürlich hängen, der Knabe, beinahe sinnlich –

Und man sähe es nicht?

Das Haar steht dir ja zu Berg! Zum Berge hin sträubt sich das Haar dir, so daß es einen Schatten wirft auf das Lichtbild im Bild, rechts über der Schläfe, Indiz, daß das Kind sich schon hingelegt hatte, denn man schläft unwillkürlich auf der rechten Seite, zur Vermeidung des Drucks auf dem Herzen, das den Schlaf stört mit seinem dumpf pochenden Schlag, und aufgestört wurde; kaum hingelegt, schon gestört; von Kunstlicht und Blitzlicht; und: an die Wand gestellt! da, neben das Bild von dem Berg! und –

Nichts als ein Blitz? Von Gewalt keine Spur?

Vierzehn, beinahe schon fünfzehn. Sagen wir: vierzehneinhalb. Mit spitzigem Schlüsselbein, links überm achtlos verrutschten Pyjamakragen; der Kehlkopf noch flach; magerer Hals. Schmächtiger Bub! Du bist ja datierbar … und dieser Berg! Das Horn, verschneit, aus aufsteigenden Nebeln ragend, ein hervorragender Berg! Sogleich zu orten. Nur weiß ich nicht mehr, in welchem Zimmer das Bild von dem Berg hing. Womöglich in allen!

Orten? Warum denn? Vierzehneinhalb, und man sieht's, und das muß genügen. Und nur ob Schlaf- oder Wohnzimmer wäre unter Umständen noch wichtig zu wissen – und welches Schlafzimmer – um den Grund der Verstörung zu ahnen, Grund für den blicklosen Blick wie auf niemand und nichts, Grund für den halboffenen Mund, dieses Hängenlassen der Schultern, die achtlose Entblößung des Schlüsselbeins links, das widerborstige Sträuben des Haars über der Schläfe –

Ein Grund? Ort? Datum? Warum?

Ja, könnt' ich's herauslösen aus dem Album, den Berg wegretuschieren, das berühmte Horn einschwärzen, es ausradieren mit Gummi, dieses geologische Weltwunder, einen Gummi über das Wunder stülpen: undurchsichtig, schwarz, garantiert reißfest – es bliebe nichts als eine Holzwand, ein Bürschlein, geschlechtsreif, man sieht es – und Mama würde nicht böse?

Sie würde es mutmaßlich nicht merken – bestimmt nicht! – denn hier verschwindet doch alles: weil nichts verschwindet. Die Ordnung des Chaos. Der Entropie vergleichbar. Das Verschwinden der aufbewahrten Gegenstände, ein Verschwinden im Bewahrten. Und so wäre gar nichts verschwunden? Alles spurlos bewahrt? Und so könnt' ich's einfach verschwinden lassen, das Bürschchen? Und so blieben auf jener Seite des Familienalbums zwischen gleichgültigen anderen Lichtbildern nur vier häßliche Leimkrusten von irgendeinem entfernten Bild? Ja, wer hat mir da etwas entführt? würde Mama vorwurfsvoll protestieren. Und wüßte auch nicht mehr, was es war.

Was war's denn?

Vergessen. Das Bürschlein vergessen. Keine Erinnerung an den Augenblick dieser Bloßstellung – viel entblößter als bloß – und kein Lächeln. Nicht die Spur eines Lächelns. Ein Blick, der nicht sieht, wer da stört, nicht, wer da stört, sieht der Blick – und man sieht es.

Eine Züchtigung? Bloßstellung eines andern? Die Exekution der Leibesstrafe auf dem Leib eines Schulkameraden aus dem Waisenhaus, denn es traf immer die aus dem Waisenhaus – nicht dich, unberührbares Kind! Und kein Kind mehr. Von Leibesstrafen kann keine Rede mehr sein, es wäre zu einfach. Nicht den Stock aus dem Klassenzimmer der Volksschule, den überlangen aus braunem Rohr, Zeigestock für die Wandtafel und Landkarte eigentlich, siehst du auf dem Gesäß eines Kameraden – tanzen? – denn er bedroht ja nicht dich, nicht mehr – den sehe ich, wenn ich dich sehe, und weiß nicht mehr, ob das Gesäß bloß war oder in der groben, unförmigen Hose der Schulkameraden aus dem Waisenhaus steckte. Das Gesäß sehe ich nicht, und möchte es sehen, wenn ich dich sehe … siehst du's noch, wenn man dich fragt? Die Rötungen der Haut, die Hand, die den Hosenboden spannt, die Falte im Spalt? Du willst's nicht mehr sehen, wolltest's doch gar nie sehen! Und es fragte dich wer? Ich? Plötzlich?

Mich kannst du ja nicht sehen …

Eine Verstörung?

Man kramt doch nicht mutwillig in alten Photographien! Im Gästezimmer, auf dem Bett sitzend, am hellichten Tag, auf einer mutmaßlich unbezahlbaren Couchdecke aus altindischer Seide, Geschenk eines Seidenindustriellen mutmaßlich … auf der man sich gar nicht niederlassen darf! in dreckigen Jeans aus grobem Tuch, verdreckt noch vom Staub der Großstädte … Da wird mir Mama ja böse! Ein Büro eigentlich, kein Boudoir, in Mamas Büro also: zwischen dem überladenen Schreibtisch, einem Spieltisch im Grund, aus dem achtzehnten Jahrhundert, und dem ebenso überladenen Sekretär, Directoire womöglich, der nicht mehr verschlossen werden kann, seit die Schreibtischplatte sich unter dem Gewicht des Papiers verzog. Doch wo, frage ich mich, ist hier eigentlich kein Büro? Zettel überall, Papiere, Post, Zeitschriften, die Schränke voller Ordner und Alben, voller Bilder und Büromaterial, voller Kleider und unbestimmter Gerätschaft in lederner Hülle … ein Fernrohr, ein Fernglas, ein Photoapparat?

Ich krame doch gar nicht! Von Mutwille keine Spur! … Muß ich mich rechtfertigen? Vor wem denn? Vor dir, Bub? Daß man heimkehrt … endlich entkommen, immer wieder zurückkehrt … und womöglich kramt! Daß man einbricht in die müffelnde Ruhe der Schränke – sich aufdrängt, bloßstellt und stört. Ja, wer stellt hier wen bloß … daß man sich so dem Zufall überläßt, statt zu konzipieren. Daß man so herumstöbert … bis man hängenbleibt. Ja. Hängengeblieben. Gestrandet! Mit meiner vierzigjährigen Existenz, schon über vierzig, mußt du wissen, diese Existenz da auf der Couchdecke, in Mamas Wohnung gelandet, und nicht zu einem christlichen Fest, einer bürgerlichen Feier. Nur zwischen Ausland und Ausland. Unterwegs von einer Großstadtexistenz in die nächste Großstadtexistenz – denn jede Großstadt, mußt du wissen, bedarf einer anderen Existenzform – mit wenig Gepäck, drei Koffern, elektronischer Schreibmaschine, Handbibliothek, Zetteln, meinem Büro – und einigen fadenscheinig gewordenen Kleidungsstücken, von beflissenen, aber unfähigen Wäschereien ruiniert. Meine Existenz: eine Schreibmaschine, Bücher, Zettel und Hudeln. Das verstehst du. Hudeln sind Lumpen, auf Schriftdeutsch, und eine Existenz ist eine Haushaltung. Büro und Haushaltung. Ohne Haus. Ohne Möbel. Ich bin ein möblierter Herr, mußt du wissen, und das ist gar nicht so übel, wie's klingt. Die Wohnungen abstreifen wie Häute – vergilbt vom Nikotin, das an den Wänden kleben bleibt, als schmieriger, gelblicher Film. Rauchspuren zurücklassen. Nur mitnehmen, was mit eigenen Armen zu tragen ist. Eine tragbare Haushaltung, meine Existenz. Und nichts Zollpflichtiges!

Bist du zollpflichtig, Bub? Dies wenigstens nicht … du stehst einfach im Paß von Mama und Papa, und so kannst du nicht abhauen; willst du?

Angst vor dem Zoll, vor jedem Grenzübertritt. Als wär's eine Geburt. Eng war Mama bestimmt – erinnerst du dich? besser als ich? Oder als wär's die frühe Erinnerung an die Geburtsstadt als Grenzstadt, als Frontstadt; das Wissen, daß diese Grenzen sich schließen können – und man ist eingeschlossen oder ausgeschlossen, diesseits oder jenseits des Badischen Bahnhofs, heil oder im Unheil. Geburt oder Tod – diese Engpässe! Da mußt du hindurch: von einem Leben ins andere, von einem Lebensraum in den nächsten. Und da steht dann ein Mann, meist ist es noch immer ein Mann, und der will womöglich nicht nur deinen Ausweis sehen, diesen Passierschein. Der prüft, mit dem Blick zunächst, die Identität von Bild und Person. Prüft, mit dem Daumen, die Echtheit und Unversehrtheit des Prägestempels über dem Bild. Stellt Fragen, belanglose Fragen, während er prüft mit dem Daumen, den Akzent prüft mit dem Ohr, die dialektale Färbung, die Übereinstimmung von Nationalität und Muttersprache, alles kann der prüfen, wenn er will, alles fragen … und ich kann mich nicht rechtfertigen. Kann nicht glaubwürdig erklären, warum ich ein Jahr in Paris lebe, ein Jahr in Berlin, ein Jahr in London. Warum ausgerechnet London? Paris ausgerechnet? Warum denn Berlin? Und so wühlt der am Ende, mit Gummihandschuhen, in meiner Schreibmaschine, die, mußt du wissen, hohl ist. In meinem Gepäck wühlt der. In meiner Haushaltung. In meiner Existenz – wie in Eingeweiden. Und er fände … nur Zettel? Bücher? Papier? Sades *Œuvres complets* fände er … und womöglich einen gummigen Gegenstand von eindeutiger Form – mit seinen gummig wühlenden Händen! – als wäre der Name Sade nicht schon Reizwort genug. Nein! ich komme dir jetzt nicht damit. Das gummige Ding wenigstens ließ ich zurück, überließ es zur Entsorgung der täglichen Müllabfuhr der Großstadt. Eingewickelt in Zeitungspapier. In einen undurchsichtigen Müllsack verpackt, zusammen mit einem Badetuch, das mir zu schwer war, zusammen mit zerrissenen Jeans, zusammen mit Zeitschriften, Heftchen, Lichtbildern, den optischen Reizen meiner abgestreiften Behausung, den liebgewordenen Gefährten in meiner mönchischen Großstadtzelle. Da sehnt man sich doch wenigstens nach Abbildern der Wirklichkeit, nicht sehr stilisiert, zwischen all den Stilisierungen … Ja, das mönchische Leben eines möblierten Herrn: meine Existenz.

Stilisierungen?

Weißt du, Bub, wovon ich rede? Weißt du schon alles? Und so hinge da anstelle des Bergs, dieses ganz unstilisierten Horns – das wir unbedingt wegretuschiert haben wollten! und sei's eingeschwärzt mit reißfestem Gummi! – jener Junge an der Wand, sein ganz unstilisiertes Ding, schneckenförmig, entblößt? Nur die schwarze Lederjacke auf bloßer Haut, und mit diesem direkten Blick, der verlockt ... Denkbar? siehst du's schon? Kann ich dir damit kommen ... mit nackten Knaben auf Hochglanzpapier, mit soft pornos, mit Pornographie kommen, mit Sade kommen, mit gummigen Gegenständen von unzweideutiger Form, mit meiner ganzen obszönen Existenz dir kommen, der Existenz eines mönchisch möblierten Herrn mit obszönen Sehnsüchten, obszönen Bildern, obszönem Papier? Ja, wie denn kommen? mit Wörtern dir kommen? obszön kommen? verbal? ... Jetzt, in Mamas Haushaltung, *damit* ankommen ... wo sich doch alles zu vermischen droht, dem Zufall gehorchend, der Natur dieses Haushalts ... und auch dies verschwände, bewahrt zwischen Aufbewahrtem ... und alles schöbe sich ineinander.

Und so fände mein Verlag zwischen den Seiten meines obszönen Typoskripts Mamas selbstverfaßte Marien-Meditation, in ihrer gut lesbaren, arglosen Handschrift, und Mama fände urplötzlich zwischen den mannigfaltigen Papieren ihrer gemeinnützigen

Tätigkeiten, zwischen feministischen, theologischen, politischen und karitativen Papieren ... das schneckenförmige Ding des Jungen? Und so hinterließe das nackte Material meines Themas, ganz unstilisiert, überall Spuren in Mamas Material, und Mamas Themen hinterließen Spuren in meinem Thema, als nacktes Material, und es wäre am Ende ununterscheidbar ... das uranfängliche Chaos.

Nein! Keine Suche nach Spuren!

Diese Wohnung ist für uns ohne Biographie. Irgendeine Wohnung, kleiner als die labyrinthische Wohnung der Kindheit, in einem Haus mit Aufzug; praktisch fürs Alter, geschrumpft. So drängt sich alles zusammen – Vertrautes aus größeren Räumen – unterm Flachdach, gesäumt von Balkonen über baumbewachsenen Höfen, umgeben von Himmel – wie in einem Schiff. Mein Schiff, sagt Mama. Bei Bise. Wenn die Wolken von Norden herüberziehn. Grenzüberschreitende Wolken –

Gestrandet? Geschrumpft? Und du sähst es? Und darum blicktest so – du gezügelter Bub! Ja, gezügelt zu sagen, würde mir passen, umgezogen, auf Schriftdeutsch, aus labyrinthischer Wohnung in einen übersichtlichen, hellen Neubau, zusammen mit anderem für erinnernswert Gehaltenen, zufällig Übriggebliebenen – aber ohne dein Spielzeug. Das ist weggegeben worden, von Mama, vorm Umzug, versteigert für einen guten Zweck, großzügig. Ein wenig verschleudert, finde ich – Spielzeugautos aus den fünfziger Jahren, deine ganze Sammlung von Dinky Toys. Schade. Sonst könnte ich mir jetzt ein Dinky Toy auf den Schreibtisch stellen, und das würde mir passen, denn es wäre … obszön. So pueril. Dein Knabenspielzeug als nostalgisches Kunstobjekt auf meinem Schreibtisch. Doch da spielst du ja längst nicht mehr. Darfst nicht mehr. Willst nicht mehr. Traust dich nicht. Kein Gedanke ans Spielen mit Dinky Toys!

Nein. Kein Gedanke ans Wühlen in Kindheiten.

Ein Jugendbildnis habe ich gesucht, aus den Anfängen meiner literarischen Biographie, bestimmt für die Öffentlichkeit. Illustrationsmaterial für die optischen Medien. Um den Weg zu bebildern, den man ging. Aus dem Familiären ins Unfamiliäre. Vom Sozialen ins Asoziale. Vom Allgemeinen zum Besonderen, ja Speziellen. Eine Photographie des jungen Studenten etwa, oder des Maturanden, dieser optisch grotesk stilisierten Figur, da ungefähr fing die Biographie an, öffentlich zu werden. Schriftlich. Denn alles Öffentliche ist Schrift. Eine stilisierte Biographie aus Schrift; selber erschrieben, am Leitfaden der Schrift; gemeinnützig, denn von Reichtum kann die Rede nicht sein, als Dinky Toy auf den Bazar gegeben … das Kleinkind zum Beispiel: von mir aus! geschenkt! Aber dich? Nein –

Dich geb' ich nicht her! Keine Angst! Den optischen Medien nicht, den Printmedien nicht, niemandem! niemals! nie mehr! Du bist mein. Jetzt auf der zufälligen Couchdecke. Dieser unbezahlbaren, mutmaßlich geschenkten, altindischen, zartseidenen Couchdecke. Ein trübes Blau, ins Grünliche spielend, gelbe und rötliche Muster darin; zu Ornamenten stilisierte Pflanzenmotive. Eine stilvolle Couchdecke. Stil? Angenehm zart an den Händen, eine intime Farbe. Gedämpft. Wie der ganze Raum. Ein intimer Raum, trotz der beiden überladenen Schreibtische, an denen eigentlich niemand mehr arbeiten kann ... Mamas Büro? Mamas Bordell? Mamas Boudoir? Egal ... du kennst es ja nicht; verdämmernd im Schrank, vom Durcheinander der Gegenstände verschüttet ... Ich habe dich aus dem Kasten geholt! und dich aufgestört aus deinem Dämmer. Du bist mein Fund – und wäre der Berg nicht, an der Chaletwand, wären da keine anderen Bilder – diese Ferienerinnerungen, Familienerinnerungen – klebtest du nicht in dem Umfeld – ich hätte dich womöglich nicht wiedererkannt. Nicht zwangsläufig, nein. Nicht gleich. Woher kenne ich dich denn ... kenne ich dich überhaupt? ... möchte ich ... doch, natürlich, egal an welcher Wand du so klebtest ... ich möchte dich kennenlernen, den Klang deiner Stimme, die nackte Haut, ein bißchen mehr davon. Vom spitzigen, achtlos entblößten Schlüsselbein abwärts ... das grüne Pyjamaleibchen lüften, mit beiden Händen sacht hochschieben ... die Brustwarzen entblößen ... spitz? vor Schreck? mit gekräuseltem Hof? als fröstelte dich? ... die

Achselhöhlen, wenn du die Arme übern Kopf hochstreckst … ob's dort schon sprießt? Ich erinnere mich doch nicht! Als wären wir nie intim gewesen … denn du wolltest es nicht? Fremdest du mir? Geht's dir zu schnell? Darf ich nicht … nur mit den Händen, unter dem Leibchen ein wenig ertasten, blindlings die Haut abtasten, die schmale Brust, den mageren Rücken … mager? wie sieht denn dein Rücken aus? … die Schultern ein wenig abtasten, wie ein Arzt … als wäre ich Papa. Nur den Oberkörper? Kann denn vom Unterleib noch nicht die Rede sein? Nicht vorhanden? Wie abgeschnitten! Ja, was ist denn mit deinem Unterleib … es nähme mich doch sehr wunder … verstört es dich? soll ich nicht? siehst du mich … nicht mich siehst du … wen denn? was ist denn? Angst?

Mama ist nicht da – beschäftigt mit Sterbebegleitung. Ganztägig. Mehrtägig. Ein Kurs. Lernen, wie man Personen, deren Sterbevorgang, wie man sagt, einsetzt, ein in der Regel irreversibler Vorgang, bei diesem Vorgang beisteht … eben nicht steht! Soviel hat sie schon gelernt: man soll sitzen. Oder knien. Sich der sterbenden Person gebückt nähern, damit die Gestalt der Sterbebegleiterin sich in den brechenden Augen der sterbenden Person nicht bedrohlich verzerrt. Sie übt jetzt – abwechselnd das Sterben simulierend und die Begleitung – bald kniend oder sitzend, bald liegend, damit sie auch lernt, wie ein stehender, sitzender oder kniender

Mensch aus der Perspektive eines hilflos liegenden Menschen aussieht – hilflos liegend also übt sie das Ende aller Biographie. Einer hilflos liegend das Sterben simulierenden Sterbebegleiterin auf den Knien sich nähernd, übt sie die Begleitung dieses Endes aller Biographie. Und es ist erst der Anfang – die Simulation behutsamer Annäherung an das Ende – sie wird uns noch lange nicht stören! Du! Keine Angst!

Ich bin doch kein ... Päderast. Das Wort kennst du bestimmt, nur dieses eine Wort, fürchte ich, und von Mama. Es hat diesen französischen Klang. Le Pédé. *Voilà, deux Pédés* – und da stimmt es schon nicht mehr. Das falsche Wort. Vergiß es! Ich habe noch nie einen vierzehneinhalbjährigen Knaben entkleidet! Ich schwöre es dir! Ich kenne ja keinen. Keinen einzigen. Darf ich auch nicht: einen Vierzehneinhalbjährigen kennen, gar berühren. Wenn ich von einem Jungen spreche, wie vorhin, mit entblößtem Ding, dann ist der meist schon gegen fünfundzwanzig, allenfalls zwanzig, vielleicht auch einmal achtzehn oder noch nicht ganz ... aber doch kein Kind! Unberührbares geschlechtsreifes Kind! Hast du Angst? vor dem Päderasten? daß er dir unters Pyjama langte? oder vor Mamas Macht-Wort: *Voilà, deux Pédés?* oder vor beidem zugleich, vor dieser allgegenwärtigen bürgerlichen Päderastie, allgegenwärtig, ja, als müsse man dich beständig darauf aufmerksam machen, damit du's frühzeitig lernst.

Angst, sage ich, vor dem Blick des allgegenwärtigen, dir womöglich Unbekannten, der dich so dastehen sähe und dich sogleich auszöge mit seinem Blick, und zwar bis weit unter den Bildrand; Angst, du verstündest den Blick des dir womöglich Unbekannten, des im Augenblick dieses Blickes uns Unsichtbaren? Angst, du spürtest den schier unsichtbaren Blick, so daß dir heiß würde – so daß die Unsichtbaren es sähen? Daß du es spürst? Als wären überall Augen – in den unsichtbaren Holzwänden ringsum, wie die Mündungen der Gewehrläufe auf dich gerichtet, alle Augen auf dich gerichtet, geschlechtsreifes männliches Kind? Angst vor dem bösen Blick? Du? Da ist doch nicht Angst in deinem Blick!

Reizend, wie du die Oberlippe über die Schneidezähne herunterziehst – damit man den Draht nicht sieht? nur den keimenden Flaum? Ja, trägst du noch immer den Draht über den Zähnen? Oder ist's nur eine Erinnerung deiner Oberlippe an den Draht? Eine unwillkürliche Bewegung, wenn man einen Draht trägt oder trug über den Zähnen und nicht unwillkürlich lächelt – jedes willkürliche Lächeln sähe aus wie ein Fletschen der Zähne, und warum solltest du lächeln? Aus Gefälligkeit? Du verführst nicht. Könntest du nicht? Aber du würdest dich auch nicht wehren – könntest dich womöglich nicht wehren? Ja, wogegen denn wehren? Nein, da kann nichts Angsterregendes gewesen sein, in jenem Augenblick …

Du bist doch in den Ferien, Kind! Keine Folterinstrumente in Sicht, kein Barren, der die Gelenke dir ausrenkt, kein hodenquetschendes Böckchen, kein Reck, um daran sich alle Knochen zu brechen; keine Schulbänke, in die man dich sogleich hineinstauchen würde … Herrgott! warum blickst du denn so … daß ich dich anfassen, nackt ausziehen möchte; und mich doch nicht getraute. Als wär's eine Schändung. Und als fordertest du die Schändung heraus – und wüßtest es nicht!

Muß ich umblättern?

Das Gruppenbild der gestörten Cousins – anläßlich eines säkularisiert christlichen Fests. Verstört die einen, inzwischen entleibt die andern, in festlichen dunklen Anzügen, mit dem weißen Pochettchen in der Brusttasche links überm Herzen. Eine frühkindliche Meningitis, ein Scharlach im Mutterleib, zwei jugendliche Selbstmörder, der eine künftige Selbstmörder trägt auf dem Kopf eine Papiermütze, im Mund eine aufgeblasene Papierschlange aus einer Tischbombe – und du lächelst. Da lächelst du ja! Als einziger lächelst du, etwas hilflos, mit vorragender Oberlippe, ein wenig abseits, der Kleinste, wie die andern verkleidet, aber du lächelst. Als ahntest du nichts. Der Rest – Verstörtheit. Und hochstilisierte Eleganz zwischen Stilmöbeln. In beinahe filmischem Kunstlicht, vor spiegelnden nächtlichen Fenstern, inszeniert als Gruppenbild bürgerlicher Verstörtheit mit lächelndem Kind. Material für die optischen Medien. Ein Filmanfang von diskretem Charme. Man könnte die Gesichter wegretuschieren. Festliche Anzüge, weiße Pochettchen, ein Papierhut über einer Leerstelle … ein längst abgelaufener Film! Lauf weg aus dem Bild, lächelndes Kind – bevor *dieser* Film anläuft und alle nur noch verstört sind. Oder entleibt. Noch ist Zeit! Stiehl dich weg durch die weit offene Flügeltür in intimere Räume, reiß dir die Verkleidung vom Leib und lächle ein anderes Lächeln –

Und du könntest es nicht? Ja, warum kann *ich* dich denn nicht … du möchtest gar nicht? nicht weglaufen, sofort? so ahnungslos noch?

So klein wirkst du nicht, wenn du sitzt, beinah schon wie vierzehneinhalb, nicht erst wie vierzehn, und von vorn wirkt auch die Oberlippe nicht mehr so hilflos, solange du nicht lächelst und nicht siehst, daß man dich sieht. Ein Bild einträchtiger Absonderung in einer Ecke des Zimmers – auch wenn ihr beide noch diese Verkleidung tragt, samt dem grotesken Pochettchen. Der große Cousin ist dir nah – kurz bevor er sich entleibt, doch davon ahnst du ja nichts, und ich will dir jetzt davon nicht reden. Kein Wort davon! Einträchtig nebeneinander hockt ihr am Boden, gegen die Wand gelehnt, beinah Knie an Knie, lesend. *Das Moderne Gedicht* liest du, ich ahne es, eine Einführung – doch nur *Das Moderne* ist lesbar, knapp über dem angezogenen Knie. Was er liest, sehe ich nicht – nur eine unkenntliche Autorenphotographie, unscharf, auf dem Rücken des Taschenbuchs, irgendein Taschenbuch, irgendein Autor. Womöglich schon *Der Tod eines Handlungsreisenden?* Und so hätte er in seinem kurzen Erwachsenenleben, dem Leben eines jungen Erwachsenen, wie man sagt, immer nur *ein* Buch gelesen – weil wir im Zusammenhang seines Lebens, des Lebens eines jugendlichen Selbstmörders, immer nur *ein* Buch erwähnen – nichts als den Titel im Grund –, ein Signal? Eine Berührung der Schultern: du spürst ihn, auch wenn du nur liest. Den Größeren, Älteren, körperlich Reiferen, in geschlechtlichen Dingen mutmaßlich Erfahrenen – er kann eigentlich erst achtzehn sein, noch nicht einmal ganz, doch er hat schon die Erfahrung eines Zwanzigjährigen, mindestens, man sieht's doch, wer's nicht sieht, ist blöd oder gestört –, und du spürst es. Trotz der Verkleidung, diesen Polstern! Mit deiner schmalen Schulter, einer vergleichsweise sehr schmalen Schulter, spürst du die mögliche Nähe – und die gemeinsame Absonderung – ungestört! lesend!

Und man sähe es nicht? Voilà! Das Weiche im Gesicht deines großen Cousins, dieses Blöndlings – die weibliche Weichheit der Wangen! das kleine, beinah fliehende Kinn! Kein Mussolini! Untrügliche Physiognomie! Und es entginge dem allgegenwärtigen, gnadenlos bürgerlichen Blick? Als wäre man nicht physiognomisch einschlägig unterrichtet von Stefan Zweig? Subtil psychologisch sensibilisiert, ja quasi vorgewarnt von Marcel Proust? Und so wäre es nichts als das Bild einer friedlichen, rein literarischen, bloß geringfügigen Absonderung, einträchtig in der gemeinsamen Zimmerecke, ein wenig – nur wenig – abseits der Gestörtheit, und eine der bürgerlichen Norm durchaus entsprechende Empfindung möglicher, rein familiärer Nähe –

Von möglicher Verstörtheit spürst du noch nichts, kannst du nichts spüren; keine Spur von Verstörtheit in dem Bild. Und so wäre es noch nicht *Der Tod eines Handlungsreisenden,* was er da liest – trug Arthur Miller denn je einen Bart? einen Backenbart? –, und so bliebe noch Zeit, noch drei Jahre bleiben ihm, blieben dir – und so wäre es möglich? Und nur dieser sichtbare Unterschied von mutmaßlicher Ahnung und offensichtlicher Erfahrung – dunkler Erfahrung, nicht sogleich zu erhellen von einem an bürgerlicher Unterrichtung zweifelnden Blick –, dieser unsichtbare Größenunterschied, dieser sichtbare Unterschied der Spannweite der Schultern, dieser kaum überbrückbare Altersunterschied, wären eine kleine Irritation, nachträglich zumindest, bei penibelster Betrachtung dieser Einträchtigkeit, eine Unmöglichkeit schier? Unter dem gnadenlos bürgerlichen Blick der Unsichtbaren … Unsichtbare, sage ich? Unsichtbar für euch: die Hand über euren Köpfen, aus der halboffenen Flügeltür in eurem Rücken hängend, eine weibliche Hand, und in der Hand eine Brille. Lesebrille mutmaßlich. Gefährlich nah! ihr einander – unter der euch unsichtbaren, bebrillten Hand –, noch immer in derselben Verkleidung, mit dem grotesken Pochettchen, den mannhaft gespolsterten Schultern, Schulter an Schulter in der gemeinsamen Ecke – am Rand der Gestörtheit? Und so würde die Nähe zu Sterbebegleitung? Weg aus dem Winkel, ihr! sofort!

Und er vermöchte es nicht, schon nicht mehr? Schon infiziert vom Bewußtsein des panoptischen Blicks der gnadenlos Unsichtbaren? schon in unsichtbarer weiblicher Hand? Wirklich? Macht er es glauben, um die Unsichtbaren zu täuschen, dem Bewußtsein zu entkommen, dem unterrichteten Blick zu entgehn … und er vermöchte es nicht? Sein Bewußtsein zu täuschen? Und so müßtest du, Kleiner, die Großen verführen? Die großen Freunde deines großen Cousins verführen, denn er vermöchte es nicht … dich zu verführen? Und du möchtest es? einen Großen verführen? du? kleiner Klugscheißer! Sieht eher nach Abkanzelung aus, nach Belehrung zumindest, arrogant sieht das aus! Und von unten, als wäre dir wohl so am Boden; immer wieder am Boden, kenne ich gar nicht von dir!, und mit beinah geschlossenen Lidern, deren Weiß auffällig mit der Ferienbräune kontrastiert, beinah wie aufgeschminkt; die geradezu lässige Hand, mit schier kokett abgespreizten Fingern, locker unterm erhobenen Kinn ... ja, zu wem denn erhoben, vom Fuß des Kommödchens her, auf dem Großmamas kleiner Wecker im Lederetui tickt, der unentbehrliche Reisewecker, damit immer, wo man auch sei, eine Uhr tickt auf der Kommode ... zu wem sprichst du so klug? Ja, zu wem wohl ...

Urs hieß der, da kannst du mir nichts vormachen, mir nicht! Da sitzt er auch schon – auf derselben Seite des Albums, aber allein im Bild – und scheint die Welt nicht mehr zu verstehen, zumindest die Neue Zürcher Zeitung nicht, dieses aufgeschlagene Intelligenzblatt in seinem Schoß. Perplex sitzt er in seinem breiten Lehnstuhl, so abgekanzelt von unten her, von fern, belehrt von dem unsichtbaren Kleinen! Einer der Großen, Maturand schon und mindestens achtzehn, wie der inzwischen Entleibte, aber nicht verwandt und vergleichsweise unbürgerlich, im Rollkragenpullover, dunkel und herb; nichts Weiches im Gesicht; schmal, ernst, beinah asketisch; ein dunkler Schöner. Der ins aufgeschlagene Blatt starrt, das seinen Schoß zudeckt, doch er scheint nicht zu lesen – als hätte er in dem Blatt eine Antwort gesucht, ein Argument gegen dich, diesen unsichtbar redenden Kleinen, nichts zu erwidern gefunden und glaubte es nicht! Es muß doch im Blatt stehen! Ungläubig starrt er ins aufgeschlagene Blatt auf seinem Schoß. Als seien ihm die Buchstaben fremd plötzlich, nichts als Buchstaben, sinnlose Zeichen, als verschwämmen die Zeilen ihm vor den dunklen Augen, den schönen, und er hörte dich reden – zum Zuhören beinahe genötigt –, gegen das bürgerliche Intelligenzblatt mutmaßlich hört er dich reden, für *Das Moderne* mutmaßlich, ich weiß es nicht, ich kann ja deine Stimme nicht hören, doch es wäre denkbar – ja, was stand denn in dem Intelligenzblatt von damals? wogegen *nicht* zu reden gewesen wäre – da, vom Boden aus, an das Kommödchen gelehnt, auf dem die Uhr tickt, unhörbar zwar, aber ohne Erbarmen, mit beinah geschlossenen Lidern: redest du gegen Meinrad Inglin womöglich, und für *Das Moderne?* Keine Ahnung, was damals im Blatt stand ... muß ich nachschaun? den Jahrgang 1964 durchsehn? zumindest den Monat Februar ... egal ... es wäre jedenfalls denkbar, daß von Inglin die Rede war im Blatt, und ausführlich, und es wäre mir lieb, redetest du gegen Meinrad Inglin: wenn du schon redest! so lässig die Hand unterm erhobenen Kinn, die Finger locker gespreizt, beinah kokett, als wärest du deiner ganz sicher; als hättest du recht und als wüßtest du es und als wolltest du den Großen, diesen Ernsthaften, Schönen, von deinen Meinungen überzeugen – von dir. Durch Reden und Rechten. Dagegen, dafür. Ein ebenso Dunkler, aber noch Kleiner, im schwarzen Rollkragenpullover auch du – steht dir! – ein kleiner Dämon, höchstens vierzehneinhalb, der redet und redet: bis die Sinne ihm schwänden, dem Großen und Schönen, während er ins aufgeschlagene Blatt starrt, ohne zu lesen, bis das Blatt schwände aus seinem Schoß, er in seinen derart entblößten Schoß starrte und es endlich glaubte!

Ja, was denn? was dann?

Er höbe den Blick – und sähe dich an, plötzlich?

Es verschlüge dir die Sprache, schlügst du die Augen auf und sähst womöglich ein Lächeln; so schlügst du die Augen gleich wieder nieder. Du kannst mir nichts vormachen! Aus wär's mit der Beredsamkeit, und die Röte würde dich überschwemmen. Und er würde das Erröten erkennen unter der von der Hochgebirgsluft schon gebräunten Haut, und den Grund des raschen Errötens und Stockens der Rede ahnen, und du würdest den Grund des Lächelns geradezu spüren, mehr spüren als ahnen – in dir spüren! –, den Grund deines Errötens als Folge des Lächelns in dir spüren, den Grund des Lächelns in dir spüren, als Erröten – und es wäre nur ein ganz kurzer Augenblick des Erkennens, gegenseitig, ein Augenblick der Scham vor den unsichtbar anwesenden andern – und es wäre nichts weiter nötig als dieser Augenblick und die Frage, unausgesprochen in diesem Augenblick des Stockens der Rede, wäre nur noch –

Wann? wo denn? ja, wie denn? was denn?

Der schlief doch bei dem inzwischen Entleibten; im gleichen Gemach wie der Entleibte; nicht im gleichen Bett mit dem Entleibten mutmaßlich – doch woher wollen wir das wissen, wir sind doch nicht unsichtbar anwesend, unhörbar allgegenwärtig hinter der dünnen Wand, Holz, kein Gemäuer – und wir wären's doch gern! hätten wir's gern? – und glaubten es nicht, denn unser Blick wäre untrüglich?

Tauschen? Möchtest du tauschen? Du möchtest tauschen, da kannst du mir nichts vormachen! Ich seh's dir doch an! Aber jemand müßte die Frage stellen: möchtest du tauschen? Ja, wer denn? Wer wäre nicht blind? Eine Verschwörung der beiden Cousins im Familienchalet, hinter Holzwänden, kein Gemäuer, beinahe flüsternd also: den inzwischen Entleibten ins Vertrauen ziehen, einweihen? Ja, wie denn? mit welchen Wörtern? Die gibt's doch nicht, die Wörter dafür! Gegen alles gibt's Wörter, nur *da*für nicht: warum sonst würde man sich entleiben? Voilà! keine Sprache! Nur eine hilflos hängende Unterlippe, vergleichsweise sinnlich. So aufgeschreckt. An die Wand gestellt. In deiner mönchisch engen Schlafkammer mutmaßlich, im unteren Stockwerk gelegen, bei den Dienstmädchen. Und du sähst ihn? den Dunklen, Schönen sähst du an – nicht mich! –, während er dich photographiert, und so wäre er zu dir herabgestiegen, als alle schliefen, und auch du wärest schon am Einschlafen gewesen – eine Überraschung? ein Schreck! – und einfach, um dich … zunächst einmal zu photographieren. Um den Mut zu finden zu dem Gang in deine Kammer, wenn endlich alle schlafen! Um zu sehen … ob du schon schläfst? Ob er richtig gesehen hat … und er hätte doch richtig gesehen! Um dich zu sehen, einfach … Doch er sieht dich ja nicht! Sieht's nicht. Nicht dich sieht er. Nur das aufgeschlagene Blatt in seinem Schoß. Nur das Intelligenzblatt sieht er!

Nicht diese achtlose Entblößung des Schlüsselbeins links.

Hättest du dir's gewünscht, den großen Schrecken – *diese* Verstörung? Geträumt davon, im Halbschlaf, rechtsseitig liegend, er käme zu dir! Und es klopft. Und es wäre nur … weiß Gott, welcher gnadenlose Unsichtbare da stört, welcher Niemand, ein Dienstmädchen womöglich, und was sollst du mit dem Mädchen …

Dich einschleichen? Hast du dir's überlegt? Du müßtest dich einschleichen zwischen die Betten, in den Spalt, der sie trennt … und …

Das Knäblein!

Im Spalt? Ach nein. Auf der Bettkante reden, weiterreden auf der Bettkante, dafür und dagegen, reden und rechten, und es merkte keiner der beiden, was der Sinn wäre der Rede? Der dunkle Schöne nicht? Ein ernsthafter Großer. Der inzwischen Entleibte nicht? Ja, warum entleibt sich der denn … und ahnte es nicht? Und du ahntest nicht, was der ahnt? Angst? Vor dieser Ahnung hättest du Angst, und er hätte Angst vor der Ahnung des Knäbleins, vor dem Knaben hätte er Angst, ein

Kind noch, in dem dünnwandigen Holzhaus, kein Massivbau, wir sagten es schon, und so würfe er dich hinaus, noch bevor der Dunkle und Schöne dich ansähe. Dich ernsthaft sähe. Dich erkannt hätte! Ja, wie lange würde der brauchen, und wollte der überhaupt, und traute er sich, wenn er wollte? Da hätte der Entleibte dich längst ins Bett geschickt. Wir wollen schlafen. Ich will schlafen. Er ging doch immer vorzeitig schlafen, als rettete er sich vor dieser Ahnung in die Wärme des Schlafs. In den großen Schlaf rettete er sich. Vor dem Dafür und Dagegen. Vor dieser Beredsamkeit ohne Stimme. Als hätte er genug, vorzeitig genug. Zurückkehren? Würdest du's wagen, zurückzukehren, leise die Tür zu öffnen und die beiden still beim Schlafen zu betrachten ... Hast du dir's überlegt? Ob die überhaupt schlafen, so früh schon? Und du kannst nicht ... zurückkehren und an der dünnen Holztür horchen ... was da zu hören wäre? Und plötzlich hereinplatzen ... Nachtwandler, schlafloses Kind! Mit diesem Blick, der nicht zu sehen scheint, was er sieht, was zu sehen wäre? sein könnte? nicht ist ... Mit halboffenem Mund, hängender Lippe ... hineinplatzen, traumwandlerisch! Immer wieder dich aufdrängen! Jeden Abend auf der Bettkante reden, bis man dich verscheucht, zurückkehren wie im Traum, weiterreden, dich plötzlich ausstrecken, zwischen den beiden – mitten in der Rede dich ausstrecken –, mit geschlossenen Augen und klopfendem Herzen in dem Spalt, der die Matratzen trennt – wie eingeschlafen beim Reden –, so daß sie dich daliegen sähen zwischen ihnen, von oben: Und sie griffen nach dir? beide? griffen sich dich – und trügen dich fort! den neugierigen kleinen Cousin … Ein aufdringlicher Kleiner, verdammt!, der plötzlich, als wäre es Zufall, ins Badezimmer hineinplatzt … und ein bißchen zu lange unter der Tür stehenbleibt … überrascht? … in die Wanne starrt und … Die Lider senkt? Lächelt? Errötet? hast du dir's wenigstens überlegt? Ist's denn undenkbar? Einfach stehenbleiben – und die Badezimmertür zuziehen? Und da stünde der Knabe, im Schlafanzug noch, das Haar gesträubt über der Schläfe, das Schlüsselbein achtlos entblößt, und würde mit halboffenem Mund, wie im Traum, mit diesem Blick, der nicht zu sehen scheint, was er sieht … den dunklen Schönen anstarren? Der ausgestreckt in der Wanne läge – womöglich im Schaumbad – und erschräke? Oder würde er endlich … lächeln? Dich anlächeln, der Schöne … und unterm Schaum sich sein männliches Glied greifen! So daß es steif würde und aufstünde unter dem Schaum – mutmaßlich schlank und von gefälliger Länge – hast du dir's überlegt? Ich ahne es doch! Und du ahntest es schon? An der Bewegung unter dem Schaum ahntest du es – an der Bewegung des Schaumes sieht man es doch, an dem Lächeln über dem Schaum, an der Verzerrung des Lächelns, dem Splittern des Schaums, dem gefrierenden Lächeln, nichts als Schaum sähe das Knäblein, ein gefrorenes Lächeln im Schaum, bis es – schäumte?

Ach, da klopfte schon wer an der Tür, ein Unsichtbarer, eine Unsichtbare, das Haus ist doch voller Unsichtbarer: Ist das Bad endlich frei? Schläfst du? Wer ist denn da drin? Ja, was machst du denn da ... Dieser Lärm an der dünnen Tür, in dem dünnhäutigen Haus, das wie bei einem Erdbeben knirscht, vom Getöse der Sippe, die sich erhebt, um zu Berge zu fahren –

Und du würdest es wagen, der Unsichtbaren nicht zu achten, des Lärms der familiären Gewalten nicht, des Erdbebens nicht, nicht des hölzernen Knirschens, des Donnerwetters nicht, nicht des Blitzes, dieses strafenden Bannstrahls, und nicht des Berges in deinem Rücken, offenen Auges und halboffenen Munds, dir den Schlafanzug vom Leib reißen und in den Schaum hineinspringen, zu dem dunklen Schönen in die Wanne –

Und es wäre ein Fest.

Ja, was sähen da die Unsichtbaren durchs Schlüsselloch, urplötzlich unhörbar geworden? Und was hörten da die Unhörbaren urplötzlich, das Ohr an der dünnhäutigen Tür?

Urlaute – stimmhaft – keine Worte? Ein Glucksen und Gurgeln vornehmlich, kehlig, ein Fliegen der Fetzen im Schaum, Schaumfetzen, und im Dampf die nackten Teile von Körpern, ein wenig verschwommen mutmaßlich, wie vom Weichzeichner, als wär's in der Blue Lagoon oder im Blue Movie: *Des Minets Sauvages* sähen die Unsichtbaren, bald schon *Les Charmants Cousins!* Warum nicht, ist doch genug Platz in der Enge. Und sie vermöchten sich daran zu freuen? Und so müßte sich niemand entleiben?

Ach nein. Nicht einmal Jean Louis Cadinot wagt es, echte Vierzehnjährige zu zeigen, und du ahnst ja noch nicht, wer Cadinot ist ... Keine Rede von Gefälligkeiten. Von Fest. Keine Verschwörung der Minderjährigen. Kein verschwörerischer Blickwechsel, nur Wörter. Eine aufgeschlagene Zeitung, kein Schoß. Kein Gedanke an gefällige Länge. Nur ein Gesicht, dunkel und schön – verschwommen, ganz nah, wie im Weichzeichner, so daß dir die rötlichen, feucht glänzenden Lippen verschwämmen, die dunklen Augen vor Augen, ein verschwimmendes Gesicht vor dem verschwimmenden Blick – schon stört wer. Ein Unsichtbarer, eine Unsichtbare. Klopft, blitzt. Und du siehst noch das Gesicht, das dunkle und schöne, das dir schon verschwimmt vor dem noch verschwommenen Blick – wegschwimmt – gestört. In Besitz genommen. Von einem Unsichtbaren, einer Unsichtbaren. Besitz der Unsichtbaren, du – Familienbesitz, Gemeingut. An die Wand gestellt. Stehengelassen und vergessen. Verewigt.

Und es käme keiner und nähme den Bub wieder

weg von der Wand, in den Arm, in den Schoß, und drückte dir sanft die Lippen auf den halboffenen Mund und schöbe dir sacht die Hand ins Unsichtbare –

Ja, wer denn? wo denn? wann endlich?

Jetzt? Hier? In dem engen, dem dämmrigen Raum, zwischen Schreibtisch und Sekretär, und die Tür schließen wir rasch ab, damit keine Sterbensbegleitung uns stört! Denn es muß jetzt sein. Und hier. Ich seh's doch. Als wärst du endlich aus dem Wandschrank getreten, dem Sarg deiner Kindheit, vor die weiße Schranktür, keine Armlänge entfernt. Und so dürfte ich endlich – nur ich dürfte! – dich sanft am elastischen Bund deiner Pyjamahose zu mir heranziehen, dir mit streichelnden Händen die Pyjamahose über die Hüfte streifen und dir sacht meine Lippen auf den Schwanz drücken, der noch halb steif ist! Darum blickst du doch so! Als würdest du den Atem anhalten. Du kannst mir nichts vormachen! Du hast von dem Schönen geträumt, von dem Dunklen, dem Großen, dem Gefälligen vielleicht, und versuchst noch, aufgestört aus dem Traum, deinen Schwanz niederzukämpfen, weil man's doch sieht, wenn er dir steht – eine Ewigkeit lang. Ja. Eine Ewigkeit lang hast du im Dunkeln von dem Schönen geträumt, dem Großen, dem Gefälligen vielleicht, und immer wieder geweckt, deinen Schwanz niederzukämpfen versucht, vergeblich! Man sieht's doch! Du hast Not. Denn du hättest Lust. Du bist geil. So wehre dich nicht! du! gegen den Reiz meiner Zunge an deinem empfindlichen Schaft, wehre dich nicht gegen die kribbelnde Empfindung meiner streichelnden Hände an deinem flaumigen Hintern … der unwillkürlich schon zuckte unter meinen vor Gier mutmaßlich zittrigen Händen, du könntest dich doch gar nicht mehr wehren! Bei der mutmaßlichen Gier meiner Zunge – Warum sollten wir uns denn wehren, wenn es uns reizt. Kribbelt. Wie fröstelt. Überall schon. Und nichts uns mehr stört. Kein Erdbeben. Kein Verbot – ja, was wäre denn da verboten? Ich bin dir nur gefällig. Und du bist noch ungiftig. Garantiert unberührt … ich darf dich schlucken! Und nur ich! Ja, glaubst du, Bub, da könne ich mich noch wehren, mich kümmern womöglich, um Wörter kümmern, bei der Gier meines Mundes! bei dieser Gier meiner Fingerkuppe an deinem mutmaßlich noch spröden Spalt zwischen den Backen, um Sterbebegleitung mich kümmern? Mich kümmern? Nein, komm! Es kommt dir doch schon, du kannst mir nichts vormachen! Seit du zwölf bist, kommt es bei dir, so wehre dich nicht, entschwinde mir nicht, als wärest du irgendeiner, der, kaum gekommen, schon geht … Geh nicht! nicht zum Fenster hinaus! in den diesigen Himmel, zu den Unsichtbaren … Angst? Vor meinen Zähnen? meinem geifernden Mund? meinen Wörtern? dieser wortlosen Gier plötzlich in der stickigen Enge, bedrängend … Nein! bleib dort am Fenster. Im Gegenlicht, vor den Baumwipfeln, dem Himmel, als wärst du zum Fenster hereingeschwebt, und von nirgends. Der Spiel- und Schreibtisch sei zwischen uns Schranke. Ich weiß doch, davon hast du nicht geträumt. Daß man dich schlucke und austrinke! dir den After massiere! Nein. Von mir hast du nicht geträumt. Ich bin dir fremd. Nichts als ein Unsichtbarer.

Mein Gott! Ich könnte dein Vater sein. In meinem dreißigsten Lebensjahr hätte ich dich gezeugt, und es wäre ein Unfall gewesen. Womöglich im Suff. In einer schwülen Nacht. Schwach geworden urplötzlich, ich meine: geil, und kein Mann da, der sich erbarmt, kein gefälliger Junge, der lächelnd die Knie anzieht bis zur Brust, und das Zeug muß heraus! Irgendwann muß das Zeug ja einfach heraus; als wäre plötzlich zuviel Zeug in dir, da kannst du dich gar nicht mehr wehren; die geringste Berührung genügt, als wärst du eine Maschine, die auf Knopfdruck funktioniert … geölt und geschmiert … Und nicht die geringste Erfahrung mit der Geilheit von Frauen! Keine Ahnung, was geschieht, wenn sie will, und womöglich nicht nur dich, nein, in einem befremdlichen Zustand gesteigerter Naturgemäßheit sozusagen dein Zeug will! Womöglich gar nicht dich, nur dein Zeug, denkbar? Und du: noch nie einen Gummi gesehen, mit dreißig doch nicht! wozu denn ein Gummi? Wenn das Zeug allenfalls in den

Mund abgeht, schlicht in die Hand, die eigene oder fremde, meist jedoch auf den Bauch, den eigenen und fremden, bestenfalls in den Hintern, den sperrigen, in die Kloake zuletzt … Keine Ahnung, was geschieht, wenn's urplötzlich wie von selber hineinrutscht; keine Spur von Widerstand, keine umständlichen Vorbereitungshandlungen nötig, kein Massieren, kein Lecken, kein Salben, keine Spur von ein wenig Gewalt am Schluß, keine Kraft nötig, kein Wille, kein Wahn – nein, wenn sie dein Zeug will, verlangt die Natur von dir keine Bewegung; keine Regung mehr; du könntest bewußtlos sein, besinnungslos, volltrunken, narkotisiert, im Tiefschlaf. Ich glaube – doch ich weiß es natürlich nicht, du darfst mich darauf nicht behaften –, es zieht sie dann inwendig zusammen, wenn sie ihr Ziel erreicht hat, im Jubel, in spastischen Konvulsionen, so daß es dich tief hineinzieht, dir dein Zeug herauspumpt, ja, regelrecht herausmassiert, bis zum letzten Tröpfchen – und möglichst tief in sie hinein. Eine Falle, die zuschnappt. Urplötzlich. In einer schwülen Nacht. Auf einem Rasenstück. Am Rand eines Swimmingpools. Im Gebüsch? Im Wald vielleicht. Auf einem Sofa womöglich. Auf einem Beifahrersitz am ehesten. Bei automatisch verriegelter Wagentür. Klick! Nicht im Bett. Im Bett nur in tatsächlich narkotisiertem Zustand.

Und so wärst du, Bub, ein Unfall? Ohne Vater aufgewachsen, ein Halbwaise – ohne den richtigen

Vater zumindest. Denn als Ernährer komme ich nicht in Betracht; wer besinnungslos der Natur zum Opfer fällt, kann, dem Naturrecht gemäß, nicht zur Verantwortung gezogen werden ... Und es stäche mich doch plötzlich der Hafer, der Stachel der Neugier, ein hinterhältiger Stolz gar? ein sentimentales Gefühl? Ein Pfeil aus dem Hinterhalt träfe mich, nach vierzehneinhalb Jahren – nach über fünfzehn Jahren im Grund – zu ernten, wo man gesät! Die Frucht der Arbeit zu genießen, herangereift mittlerweil zum Sproß, dieser Schößling ... den Sprößling genießen, im rechten Moment! Denn mit Kindern, mußt du wissen, kann ich nichts anfangen, gar nichts. Und so suchte ich dich, ja, besuchte dich, heimlich naturgemäß, in Mamas Abwesenheit – und würde gleich schwach; ich bin nämlich verführbar, mußt du wissen. Da könnte ich für nichts garantieren, für gar nichts, nicht einmal für die Unbeflecktheit altindischer Seide, ungestört in dem engen, verschlossenen Raum ... würdest du dich nicht wehren ... würdest du? Warum auch? wenn ich dich schwach mache mit einem starken väterlichen Gefühl, mit der lange vermißten väterlichen Umarmung, mit väterlich streichelnden Händen, massierenden Fingern, liebkosender Zunge: du wärst doch mein, mein Zeug wärst du, Fleisch von meinem Fleisch, mein Fleisch und Blut, und so dürfte ich's schlucken am Ende, alles. Denn wozu sonst hätte ich dich gezeugt –

Nein! ich will nicht Vater sein! Das Opfer eines Unfalls natürlich – und du wärst mein natürlicher Sohn? Wozu denn? Nichts als eine unnötige Komplikation – eine Komplikation des bürgerlichen Gesetzbuches zumindest –, ich meine: eine Qualifizierung des Tatbestandes, strafverschärfend. Ich bin nicht dein Vater! Ich will dir nicht Vater sein! Sehe in mir, bittschön, nicht den Vater! Auch wenn ich ihm in deinen Augen vielleicht ähnlich sehe, ja, ähnlicher als dir und als du ihm. Wo der ist? Jetzt frag bloß nicht, so aufgestört aus deinem Traum von dem Großen und Schönen, von einem Wildfremden aus deinem Dämmerzustand aufgeschreckt, so hingestellt an die Wand, mit offenem Mund und verstörtem Blick, das Haar über der Schläfe gesträubt, das Schlüsselbein achtlos entblößt, im Pyjama: Wo ist Papa? Nein! als stündest du schon für ihn bereit – bereitgestellt von unsichtbarer Gehilfin im Sprechzimmer – bereit, dich vollends zu entblößen vor ihm, dich womöglich stechen zu lassen von ihm – und er käme nicht, nie mehr. Könnte nicht kommen, urplötzlich hereinplatzen, jederzeit, im weißen Mantel, und dir wortlos das Pyjamaleibchen in den Nacken hochschieben, vorn bis zum Hals; deinen nackten, mutmaßlich mageren Rücken abklopfen mit den Kuppen der Finger: auf eine Schwachstelle, einen Hohlraum, ein verdächtiges Atemgeräusch; deine Atemgeräusche und Herztöne abhorchen mit dem kalten metallenen Stethoskop, so daß sich die Brustwärzchen dir kräuseln, fröstelnd, als tickte eine Zeitbombe in dir, in deinem Leib eine Zeitbombe. In beständiger Sorge um deinen Leib – diesen Blindgänger –, als wäre es sein Leib, ein gefährdeter Besitz, ja, schier gefährlich, so anfällig für krankheitserregende Keime, ein Infektionsherd, eine Infektionsquelle geradezu, permanent sprudelnd. Und so dürften wir nicht miteinander verkehren, im Grunde mit niemandem, weil wir doch so anfällig sind, so hinfällig, so daß wir gleich schwach werden, ich meine: geil. Eine Schwäche? Und so wär's eine Krankheit? Und wir brauchten Papa? Nein! Frag nicht, Bub! Ich will dich doch nicht erschrecken, mit Papa erschrecken? Papa ist nicht da. Unsichtbar. Sagen wir: abwesend. Aber das war er eigentlich immer … fremd dir, und darum fragtest du so? Damit er aus seiner Praxis endlich zu dir käme? Wenigstens in dich hineinhorchte? Selbst wenn er dich stäche … Doch Papa praktiziert nicht mehr, er ist … sagen wir: in Kleinbasel, diesem Bordell, jenseits des Rheines, am anderen Ufer … doch in den Ausgang geht er ja eigentlich nicht mehr … also sagen wir: er ist in den Golfferien? ob er noch Golf spielt, fragst du? … nein, Papa spielt nicht mehr … so sagen wir, um dich nicht zu erschrecken: Papa ist heimgegangen. Einfach heimgegangen – verdammt! wohnt nicht mehr hier, sondern woanders … längst schon woanders. Er kann uns nicht stören. Er soll nicht …

So schau doch nicht derart ... vergelstert? Und komm etwas näher. Überwinde die Schranke! Setz dich zu mir auf die Couch! Ich fresse dich nicht, ich steche dich nicht, ich will dich nur anfassen ... wo du noch nie berührt worden bist von fremder Hand! Wie du noch nie berührt worden bist ... nur mit der Hand! Locker geballt ... was glaubst du, wie angenehm dir das ist! Rücklings ausgestreckt auf der weichen, zartseidenen Decke, entspannt die Arme verschränkt hinterm Kopf, die Augen geschlossen – denk dir was Schönes –, das Pyjama darfst du ruhig anbehalten. Ich passe schon auf, wegen der Flecken. Ich passe doch auf ... Ist ja alles nicht wahr. Natürlich beherrsche ich mich. Von Gier keine Spur. Von meiner Lust merkst du nichts. Da wird im Unsichtbaren genossen, ganz unsichtbar wird da genossen, lautlos, die Hand in der Hosentasche – ein diskreter Genuß, beinahe sublim. So ist's doch egal, wer ich bin! Irgendein Mann. Wer du bist? Irgendein Bub. Warum ich es dir besorge ... du magst's doch? ... so laß mich machen! Es ist das beste Heilmittel gegen die Not. Bis dein Herz hüpft, gegen jede kardiologische Norm, bis dein Atem zu hören ist, ganz ohne Stethoskop, bis deine Brustwärzchen sich reißnagelspitz spitzen unter dem Leibchen, ganz ohne Empfindung von Kälte. Ohne Metall, ohne Hilfsmittel, ohne Gleitmittel, Gerät, Spielzeug, dem Video, das dich antörnt – du weißt ja gar nicht, was das ist –, nicht nötig! Bis die Wörter dir schwinden: die Machtwörter, die Fremdwörter, die ersten Wörter. Bis Mama und Papa aus deinem Bewußtsein verschwinden! Bis das Bewußtsein dir schwindet! Der Atem dir ausgeht! Der Mund dir aufgeht, verwundert – ich möchte es hören! – ich möchte es sehen! – ich möchte es spüren –, wenn es passiert, dir geschieht: wie von unsichtbarer Hand. Von der starken Hand des großen Unsichtbaren. Nie mehr die eigene Hand! Ich kann es doch besser, drei Jahrzehnte mehr Übung als du, kleiner Wichser! Willst du nur wichsen, immer nur wichsen? Ich weiß doch: beim Wichsen gestört. Und kurz bevor es passiert wäre. Darum blickst du doch so – ertappt! Aus einem Traum aufgeweckt? Von Schlaf keine Spur ... da herrschte Betrieb! Hochbetrieb! Handbetrieb, jede Nacht. Die Hand in der Pyjamahose, den linken Arm angewinkelt im Nacken, die Schenkel unwillkürlich ein wenig gespreizt, die Augen geschlossen, bequem ausgestreckt auf dem Rücken. Handbetrieb, sage ich? ja, was sage ich da, du bist doch kein Kind mehr. Du kannst mir nichts vormachen! Ich kenne dein Geheimnis! Soll ich's verraten? Es Mama verraten? Sobald sie von ihrer Sterbebegleitung nach Haus kommt ... Es allen verraten, wenn du dich sträubst, mir deinen Körper entziehst, deine Lust mir nicht preisgibst ... deine Stimme nicht, deinen Geruch ... Ich brauche dich gar nicht zu verhören ... Oder soll ich? Es könnte mir sogar Spaß machen, vor allem, wenn du dich sträubst ... Denn du kannst nicht entkommen, mir nicht, keine Chance! Ich besitze dein Kopfkissen, den Beweis. Bestandteil meiner mobilen Haushaltung, Qualitätsware aus einer besseren Zeit, die noch haltbare Werte schuf, und diese Flecken, mußt du wissen, und du weißt es, sind untilgbar. Die Ränder nachgedunkelt, beinahe schwärzlich: gut sichtbare Wellen, die sich überschneiden, ein Muster, wie Brandung im Sand, eingebrannt, eingeätzt. Jede Nacht! Das Kissen zwischen die Schenkel geklemmt – und schon reißt's dir den Mund auf, den Kopf ins Genick – und schon wieder zu spät für die Taschentücher: die pflichtschuldig bereitgelegt sind. Aus Baumwolle. Das geringere Übel. Ein Dilemma. Jede Nacht. Ekelhaft! Und ich weiß es, alles! Ein ekelhafter Unsichtbarer, der alles weiß ... als wäre die Nacht voller Unsichtbarer ... ekelhaft! Doch ich bin gern ekelhaft, mußt du wissen ... Und nicht nur auf dem Kopfkissen, als wär's nichts als ein Kopfkissen, daunenweich, der reinen Annehmlichkeit halber. Nein: dein geschwollenes Ding zwischen die Knöpfe des Kissenbezuges gesteckt, bis es die Knöpfe absprengt, einen Knopf nach dem anderen! Als wäre das Kopfkissen, ja, was denn? ... Als wäre die Öffnung zwischen den Knöpfen, die bei diesen altmodischen, steifleinenen Kissenbezügen vergleichsweise sehr eng ist, nicht zu vergleichen mit dem Schlitz der modernen nordischen Kissenbezüge, nein, derart eng, daß es die Knöpfe schon beim Eindringen schier wegsprengt ... Ja, was denn? was denn?

Wie stellst du dir's eigentlich vor – das Dunkle und Schöne – kurz bevor das Zeug aus dir herausspritzt – ja, wohin denn? Was stellst du dir vor, so eingezwängt zwischen den Knöpfen, kurz bevor's, urplötzlich und immer zu früh, stark fleckend, irgendwie unrein, ein Reinigungsproblem erzeugend zumindest, ein Gesundheitsproblem womöglich? ein soziales Problem? wenn's nun kein Kopfkissenbezug wäre mit Knöpfen, die's wegsprengt ... ein typisches Dienstmädchenproblem. Das weißt du von Mama. Man darf nicht. Wie's die anderen tun. Sonst ist's nämlich nicht nur irgendwie ... ansteckend? ... sondern dem Dienstmädchen angehängt quasi. Als hinge am Ende an dem Mädchen ein Kind. An Schürze und Rockzipfel. Am Hals, an der Brust, an der Hand, an beiden Händen urplötzlich ... als wäre das Mädchen ein Christbaum. Vollgehängt mit Christkindchen. Mit Kindsschmuck. Mit Zeug, das hängenbleibt an dem Mädchen! Nein!

Ein Problem? Ein Gesicht, das dir – ich ahne es doch! – am Ende unfaßbar verschwimmt, entleibt, kein Geschlecht, als hättest nur du eins ... So daß es dich hineinzieht ins Kissen und du die Taschentücher vergißt über dem mutmaßlich schönen Gesicht, das dir ins Dunkel wegschwimmt, wenn du es fassen willst, mit den Lippen mutmaßlich ...

Und plötzlich machen sie Licht. Und es blitzt. Wenn's dich packt.

Kurz bevor du's gepackt hättest.

Oder ganz kurz danach?

Du mußt fort!

Fort aus dem Licht, aus der Enge, weg von der Wand, dem Fenster, den unsichtbaren Augen … Mit dem Entleibten? Nein! Geh nicht mit dem! Geh nicht mit, nicht so weit! nicht ins Dunkel … Zu mir auf die Couch? Mit mir weg? Ach. Du willst nicht mit mir gehn. Ich bin dir zu alt, ekelhaft, geil … So geh fort! Ins Unsichtbare. Aus dem Gesicht mir! Wenn ich dich ekle … bevor es mich packt.

Ja, warum gehst du denn nicht? haust ab, reißt aus, läufst davon, wie's andere tun? Klebst an Mama und Papa, an Familie und Kindheit … wie du an deinem Kopfkissen klebst, wenn es dich packt. Und keiner reißt dich heraus? Kein Großer und Starker mit zupackender Hand? Kein breitschultriger Blonder von der gefälligen Art? Und ich, ich wäre dir womöglich nicht … familiär genug? Nichts als ein fremder Mann?!

Ach. Du würdest mich nur mit deiner Kindlichkeit nerven, mit Kindheit langweilen, mit Dinky Toys?, nein, mit der Schule natürlich: diesem Schrecken. Mit Barren und Reck. Mit quetschendem Böckchen. Mit lateinischen Vokabeln, dieser ganzen Litanei, die du auswendig weißt, und natürlich längst mehr als die Konjugation von «amare» … während ich dir einen blase, wie man sagt? Und kein Versprecher! Du mußt's ja im Schlaf können – und auch wenn da keine Spur wäre von Schlaf, ist's der Schlaf des Bewußtseins von Sprache – doch du versprächest dich nicht, denn längst weißt du mehr herunterzuleiern als amo, amas, amat, amamus, ama … ama … ama … tis! wenn's dich packt. Du hast deinen Cäsar gelesen. Ein Jahr lang Cäsar gelesen, und noch immer steckst du mitten im Gallischen Krieg, als müßtest du ihn auswendig lernen, und das mußt du wohl auch: zumindest die Wörter. Du könntest mich also mit dem Gallischen Krieg langweilen? Nur nerven? Geradezu quälen könntest du mich mit dem Krieg – wenn ich dich ekle, mir mit dem Krieg kommen, Wort um Wort! – denn ich habe alle Wörter vergessen, den Gallischen Krieg vergessen, den ganzen und restlos. Nicht einmal mehr die Beugung des Liebens will mir auf Anhieb gelingen. Und du wolltest's nicht nützen? Mich ein wenig zu quälen, mich in Grund und Boden zu beugen, wenn ich dich mit meiner ekelhaften Gier nach deinen flaumigen Hinterbacken quäle – um dich zu beugen vor mir? – nach deinem Steiß grapsche, unterm Hosenbund, auf dem Schreibtischstuhl, alle gesetzten Schranken mißachte, dir in den Spalt fingere – um dich schwach zu machen? – zwischen die Schenkel dir lange, um dich wegzulocken vom Krieg! Bis der Atem dir anders zu gehen beginnt, du Cäsar vergißt, alle Wörter vergißt. Denn ich kann doch nicht mitansehen, wie du dich mit dem Gallischen Krieg quälst, wie du dich beugst unter das Joch dieses Kriegs. Und du wolltest dich nicht zerstreuen lassen?

Ja, warum plagt dich denn der Gallische Krieg so, warum läßt du dich plagen, verdammt! Hast du keine Phantasie? Läßt du dich terrorisieren von Wörtern? Dir die Wörter vorkauen von einem geplagten Lehrer, der nichts als Wörter kaut, seit dreißig Jahren, als wären es Kokablätter, was er da kaut, mit schadhaftem Gebiß, gelockert vom Kauen der Wörter, so daß es schmatzt von den Wörtern, als wär's ein Zermantschen der Wörter – als ging' es um nichts als die Wörter – des Wortschatzes wegen! Bist du denn nichts als ein ... Nein, Schatz! So geht's nicht. Kein Gallischer Krieg sei zwischen uns! Reden wir nicht mehr vom Blasen. Wenn's dich doch ekelt. Bespring du von mir aus dein Kopfkissen, wenn es dich packt. Aber kleb nicht auch noch an den Wörtern, als wären sie ... ja, was denn? ... nichts als leblose Materie. So hauch ihnen Leben ein, mit deiner Einbildungskraft, bis der Atem dir anders geht. Schließlich hast du's mit Cäsar zu tun, mit Legionären, Gladiatoren, Sklaven ... Ketten am Leib, unter Peitschenhieben, Rutenbündeln, den Fasces ... siehst du, die Wörter kommen mir schon, wenn's mich packt ... und bis die Bäckchen dir schlottern … Du bist im Krieg! Im Heerlager der Weltmacht! Imperator, mit Macht über Leben und Leib. Mit Leibeigenen, die dir ihren Leib nicht entziehen dürfen, mit Günstlingen, stell sie dir vor: Die Legionen schweißglänzender Leiber im Schlachtengetümmel, auf Kampfwagen mit sichelnden Rädern, gezogen von dampfenden Rossen, unter schwankenden Feldzeichen … aufblitzendes Eisen, das eindringt in einen schweißglänzenden … Mein Gott, dir wird ja bloß schlecht. Noch bevor es recht spritzt. Ich seh's doch. Wie du gleich schwach wirst –

Ach. Wir sind eben nicht Peter Weiß. Kennst du nicht, fremd dir. Keine Ahnung von Abschied. Du hast ja nicht einmal eine Vorhaut. Nur tote Wörter und … diese Dienstmädchenproblematik!

Unselige glückliche Kindheit – zwischen dienstbaren Geistern – in diesem glücklichen, unseligen Land!

Hast du mir gar nichts zu sagen? So wie du da stehst? Nichts zu erzählen? Und darum blicktest du so … stumm! gelangweilt! du Langweiler!

Keine Einbildungskraft. Keine Trümmerkindheit. Keine Kindheitstrümmer, um damit zu spielen. Ja, genau so stehst du da mit hängender Lippe: nichts zum Spielen! Keine Vorhaut, keine Modelleisenbahn, kein Dinky Toy mehr. Nur Gallischer Krieg. Jeden Tag. Als gälte es ernst. Als *müßtest* du's wissen – du mußt doch gar nicht! Du darfst bloß damit spielen! Fällt dir wohl nicht ein, was? Mit römischen Legionen zu spielen, wie ein echter Stratege, mit deinem Schulwissen zu spielen, mit deiner humanistischen Bildung zu spielen, mit dem Humanistischen Gymnasium zu spielen, an dem nackten, ehernen Jüngling im Schulhof ein wenig herumzuspielen, ein wenig mit humanistischen Jünglingen zu spielen, mit hellenistischen Jünglingen, klassizistischen Jünglingen, romantischen Jünglingen ... Du Jüngling! kein Jugendlicher! ein geschlechtsreifes Kind! Reif längst für Geschäft und Geschlecht – und darf immer noch spielen? Mit Naturkunde, Botanik, Chemie und Physik; mit der belebten und unbelebten Natur, mit Elementarteilchen, mit Quanten und Quarks; mit den Befruchtungsorganen der Pflanzen, mit der Spiraltendenz der Vegetation, mit der Urpflanze, mit Lippenblütlern, Rachenblütlern, Lichtschmarotzern, Orchideen – und was ist schon eine Vorhaut gegen eine Orchidee –, mit Orchideen spielen, mit den Ideen spielen: der Ideengeschichte, der Philosophiegeschichte, der Menschheitsgeschichte, der Weltgeschichte, der Erdgeschichte, und es sind nichts als Geschichten, Ideen eben, Modellvorstellungen ... um damit zu spielen! Mit Weißen Zwergen und Roten Riesen zu spielen, mit Schwarzen Löchern und Milchstraßen, mit den Sternen, dem Weltraum zu spielen, als wär's eine Modelleisenbahn – die du dir immer gewünscht hast und nie bekamst – nichts als Spielzeug. Für aufgeweckte Knaben. Kein Mann, du – kein Wort zu halten! Nur Wörtchen zu behalten ...

Bedeutungsfelder, zum Beackern mit der Pflugschar deiner Einbildungskraft, als wär's dein Kopfkissen nachts … bis alle Bedeutsamkeit schwindet aus den Feldern, und das Wort sich auflöst in Etymologie. Geile Etyme, zum Spielen, bis der Atem dir stockt! Du lernst ja schon Griechisch. Noch mehr Spielmaterial! Vom Geschichtsunterricht gar nicht zu reden: lauter Spielanordnungen! Erregende Action … Ja, ich weiß, dein Geschichtslehrer ist manifest senil.

Warum spielst du denn nicht mit der klinisch manifesten Demenz deines Geschichtslehrers? Im Chemieunterricht zum Beispiel, ein wenig mit Chloroform, im Geschichtsunterricht mit Äther, mit Methylalkohol? Mit … du hast ja nicht aufgepaßt im Chemieunterricht, nur Angst vor dem Chemieunterricht? So daß du vor Angst gar nicht aufpassen kannst … So bleibt nur Schwarzpulver. Wenn dein Geschichtslehrer breitbeinig auf dem Schulzimmertisch steht und singt. Von einem Bein aufs andere pendelnd – als wär' er das Pendel einer Uhr oder ein Metronom –, Studentenlieder singt, Jahreszahlen absingt, vom Sta-ha-tenbund zum Bu-hundes-Staat singt: da bleibt nur Schwarzpulver unterm Tisch. Zur Not bleibt immer noch Schwarzpulver zum Spielen. Angst vor dem Pulver? dem Lehrer? der Geschichte? dieser manifesten Demenz? Du machst mich wütend! Noch vor dem Zeichenunterricht hast du – Angst! Als ging's gleich ums Leben. Um den Ernst des Geschlechtslebens? Ums Geschäftsleben womöglich. Um Maturnoten. Um Naturtreue. Und nicht um ein Spiel mit Formen … auch wenn der Kamerad, den du nach der Natur abzuzeichnen hast, Kleidung trägt, langweilige Kleidung, der Zeit gemäß, eine weite Flanellhose womöglich … so entwirf ihm ein knapperes Shirt, eine hautenge Hose, ein offenes Hemd, einen Slip, ein Netzleibchen, Körperschmuck, langes Haar, spiel mit dem Haar deines Kameraden, oder zieh ihn splitternackt aus: vor deinem geistigen Auge, mit deinem zeichnenden Stift, diesem Spielzeug! Und du hättest keine Lust an dem Zeug? Wolltest nicht? Könntest nicht? Als hätte ein Unsichtbarer dir das Spielen verboten –

So geh zu den Pfadfindern! – damit du es lernst, und nimm dir ein Beispiel an Peter Weiß.

Ja. Genau so stehst du da. Als wäre irgendein Unsichtbarer gekommen und hätte gesagt: nimm dir ein Beispiel! Geh zu den Pfadfindern! Deinem Alter gemäß. Ein freundlicher Ratschlag, gutgemeint, etwas barsch formuliert: Kopf hoch, junger Mann! Zu den Pfadfindern, marsch! Forsch, junger Mann! – Denn Unsichtbare sind barsch, forsch ihrer Natur gemäß, und sehr laut. Wenn man sie schon übersieht. Ich erinnere mich. Als wären sie taub. Und das waren sie wohl auch, damals. Gehörschäden von der Artillerie der Schweizer Armee, dem schlechten Gehörschutz der fünfziger und sechziger Jahre. Ein verborgener Mangel besagter

Unsichtbarer. Schleichende Taubheit. Kein Gehör für gebrochene Stimmen. Donnernde Stimmen – als sprächen sie unter dem Beschuß von unsichtbarem, schwerem Geschütz. Und als solltest du dich rechtzeitig an das Geschütz gewöhnen. In deinem Interesse. Wohlmeinende Unsichtbare, verständnisvoll wie wir alle, durchaus mit Baumhütten im Hinterkopf beim Erteilen besagten Ratschlags; nicht nur Artillerie im Kopf, nein, Lagerfeuer und Zeltlager, Vertraulichkeiten zwischen Gleichaltrigen – echten Vierzehnjährigen eben – an Lagerfeuern, in Zeltlagern, in Baumhütten; durchaus, denke ich, mit dem Gedanken im Hinterkopf an meßbare Größen, vergleichbare Größen, Meß-Latten quasi, ans Spiel mit mathematischen Formeln an vergleichbaren Körpern, ein Spiel mit Radius und mit Pi, zur approximativen Berechnung des Durchmessers, zwischen einem Vierzehn- und einem Vierzehneinhalbjährigen zum Beispiel, das Berechnen von ballistischen Bahnen, in der Heimlichkeit eines nächtlichen Zelts, im Schein von zwei Taschenlampen: damit du mal sähst, daß der andere auch einen hat! Einen Körper? Eine Latte! Mal einen anderen Schwellkörper zu Gesicht bekämst, der sieht nämlich ein wenig anders aus, wenn das geschwollene Köpfchen aus einer naturbelassenen Vorhaut hervorlugt, zündrot aus dem Kragen der Vorhaut hervorkriecht – interessant sieht das aus, im milchigen Schein der Taschenlampe, und von nah – zum Anmessen interessant! in Länge und Breite – mit Längsstrich und Querstrich / Latte an Latte / bis es vermessen spritzt! Aus dem Lichtkegel des Suchscheinwerfers hinaus. Eine milchige Bahn. Wie in der Nebelkammer sieht's aus, oder wie Sternschnuppen –

Man muß doch deswegen nicht gleich Päderast werden! Man ist's ja auch nicht geworden. Sondern … Ballistiker? Oberst der Artillerie? Peter Weiß? Irgendein Unsichtbarer …

Ja. Und schon fürchtest du, panisch, am nächsten Samstag gleich zu den Wölfli gehn zu müssen, als wär's zur Artillerie, in den Krieg quasi, um Vorhäute zu erbeuten womöglich. Denn wenn's mir recht ist, bist du noch im Alter der Wölfli, doch auch wenn's schon die richtigen Pfadfinder sein sollten, ich weiß es nicht, keine Ahnung von Pfadfindern, für dich sind's die Wölfli geblieben. Zu den Wölfen gehn müssen! Am nächsten Samstag! Zum Heulen! So stehst du da – als müßtest du gleich in den Wald zu den Wölfen. Den Unsichtbaren. Um mit ihnen zu heulen. Als hörtest du sie schon, als ahntest du sie im Gehölz … dankbares Opfer, du! Wer sähe es nicht. Und du weißt es. Nackt ausziehn, an den Baum fesseln, kitzeln. Mit dem Grashalm nur, es braucht keine Brennesseln … doch wir sind eben nicht Peter Weiß, ich sagte es schon, nicht Gerard Reve und schon gar nicht Musil. Nein. Keine Flagellationen auf dem Dachboden, keine Flegeleien im Schlafsaal. Kein Marterpfahl. Keine Brennesseln. Nicht einmal ein Grashalm ... kein Kitzeln ... nur ... ein Apfel. Ein Apfel genügt. Man sieht's doch. Man muß dich nur zwingen, einen Apfel zu essen, einen gewöhnlichen Pausenapfel, und dafür braucht's keine Pfadfinder, nicht einmal Wölfli. Nur Kameraden. Und die sehen gleich, daß es nicht geht, bei der Zahnstellung, mit dem Draht über den Zähnen, wer sähe es nicht und sähe sich nicht sofort verlockt, dich zu zwingen: die Pranke dir im Genick, die Faust um deine rachitischen Handgelenke geschlossen; zwei gegen einen, und ein dritter schaut zu; du hast keine Chance. Du mußt hineinbeißen! Zubeißen! Damit du es lernst? Noch ahne ich den fein schneidenden Schmerz im Zahnfleisch, beim Anblick deiner hervorragenden, beziehungsweise durch innere Anspannung mit Selbstzucht am Vorragen gehinderten Lippe – damit man's nicht sieht! Damit man's nicht sieht! – über dem jetzt unsichtbaren Draht, der mit jedem Biß tiefer ins Zahnfleisch schneidet; sich Biß um Biß ins Zahnfleisch eingräbt, bis das weißliche Fruchtfleisch sich rötlich färbt; der Geschmack von dem süßlichen Fruchtfleisch sich vermischt mit dem faden Geschmack von Blut, dem salzigen Geschmack von Tränen, dem bitteren Geschmack vom Schmerz – ein ununterscheidbarer Geschmack: bitter, weil sie dich zwingen! Und du begreifst's nicht! Den Apfel genießen? Wie sollst du's? Wenn du doch gar nichts begreifst – denn wir sind auch nicht Georges-Arthur Goldschmidt; nein, eine friedliche Zeit, glückliches Land, ein Humanistisches Gymnasium in einer humanistischen Stadt. Und so begreifst du nicht, warum deine hervorragende Oberlippe sie so mächtig reizt, warum deine schmächtige Gestalt sie so reizt, reizen muß, dich in die Knie zu zwingen; dich in den Schwitzkasten zu zwingen; dich im Schwitzkasten aufs Klo zu schleppen, ja, übers Kopfsteinpflaster dich zum Klo zu schleifen, dich in die Klokabine zu zerren … und dich dort … ja, was denn? ja, was wohl? … stehenzulassen. Dich einfach stehenzulassen im Gestank nach Urin, im Geplätscher der Wasserspülung, im Geruch nach Desinfektionsmitteln und Kot – in der Scheiße! –, als wüßten sie selber nicht weiter. Nichts weiter mit dir anzufangen – noch nicht? nicht mehr? –, was sie eigentlich mit dir anfangen wollten, anfangen könnten! Nichts weiter, als dich zu zwingen, in den Apfel zu beißen, vor ihnen auf die Knie zu gehen, im Schwitzkasten leichthin bezwungen, aufs Klo mitzukommen – und dort stehenzubleiben, in alle Ewigkeit? … als dürftest du dich nicht rühren! So wie du da stehst: erschreckt, hingestellt, stehengelassen – vor Unsichtbaren: Verschwundenen.

Dummerchen! Die Tür läßt sich doch nur von innen verriegeln!

Ein Spiel? Blödes Spiel. Du verstehst's nicht, und

so kannst du nicht mitspielen, und so können sie das Spiel nicht zu Ende spielen, als hätten sie Hemmungen, plötzlich. Eine Art Beißhemmung am Schluß. Und so können wir's nicht genießen – wie Peter Weiß? Goldschmidt? wie wir Musil genießen? Gerard Reve genießen? –, wenn sie dich zwingen … Zwängen sie dich nämlich, im Klo vor ihnen auf die Knie zu gehn, bei verriegelter Tür, und es wäre kein Fruchtfleisch, das sie dir zwischen die hervorragenden Lippen zwängten – indem sie dir rasch die Nase zuhielten, so daß du gezwungen wärst, endlich den Mund aufzutun, den verschlossenen, und ihr Fleisch zu empfangen, ein Fleisch nach dem andern, und es wäre kein süßlich fader Geschmack nach Apfelpektin und Hämoglobin, bitter wär's, was sie dich da herunterzuschlucken zwängen, ein wenig salzig, wie Tränen, aber kein Schmerz, nur ein leichtes Kratzen im Hals und ein Ziehen an den Haarwurzeln unter der Kopfhaut von dem Griff, der sich plötzlich verkrallt, ein Brennen vielleicht von der Kralle an deinem aufreizend abstehenden Ohr –

Vermöchten wir's da nicht beinahe zu genießen? Das Fleisch im Mund? Das Spiel mit der Vorhaut womöglich? Den Geschmack auf der Zunge, die Kralle am Ohr, den Griff im Haar, den strengen Geruch, der dem offenen Hosenschlitz entströmt – während du derart bezwungen alles schluckst, wozu sie dich zwingen, wenn es sie packt?

Den Geschmack der Bezwingung genießen? Den Geruch nach Silberputzmittel schier? Bergamottöl? Versalzen, klebrig und lauwarm – und dir würde nicht schlecht? Erbrechen verboten! Der Brechreiz: bezwungen! Ein dankbares Opfer? Zum Opfer erkoren? Zum Opfer erwählt? Ihr Auserwählter –

Durchs Schlüsselloch der Erinnerung gesehen vielleicht.

Ja, wenn du nur mitspieltest ein wenig, deiner Bestimmung gemäß, kaum in die Klokabine gezerrt, vor deinem Bezwinger aufs Knie fielst, stumm flehend und flennend, so daß dein Mund wie zufällig die richtige Stelle berührte – hart! – so daß du kapiertest –

Du darfst schlucken! Ein Auserwählter! Ich sagte es doch! – Keine Spur von Gift, nicht von Himbeergeschmack ersatzweise, von Frucht nicht, keine Giftschlange, kein Apfel, kein Ersticken, Erbrechen, sobald du nur richtig atmen lernst, rechtzeitig schlucken lernst, dankbar, daß sie dich's frühzeitig lehren, denn viel Zeit bleibt dir ja nicht – und so wären auch sie dir im Grund ihres Herzens doch irgendwie dankbar, daß du dich ohne Mühe zwingen läßt, das dankbare Opfer zu spielen, so daß sie dankbar ihren kostbaren Samen dir opferten – kostenlos, schadlos, vernichtbar, folgenlos, ohne Flecken in Unterhose, Hose, Pyjama, Taschentuch oder Kopfkissen –, und wie sie dir dankbar sein könnten! Noch wissen sie ja nicht, wozu du taugst!

– wer sähe es nicht! – durchs Schlüsselloch – wozu sie taugen! – wer wüßte es nicht! –, die Dummen! Sonst brächten sie dich auf den Geschmack, den dir noch fremden, wenn sie sich nur trauten – doch so ist nichts. Nichts im Schlüsselloch dieser Klotür – nur milchiges Licht. Nichts zu beschreiben. Nichts zu erzählen. Nichts zum Empören. Für den Gesetzgeber nichts, nichts für die erotische Literatur. Nichts für die Sinnlichkeit dankbar lesender Mitwelt. Für die Geilheit heiter tätiger Nachwelt nichts. Nichts für die Unsichtbaren. Nichts für mich. Nichts als Gallischer Krieg. Ohne Feuerpause. Nur Schweiß, Blut und Tränen in der Pause. Angst vor Äpfeln und Bedürfnisanstalten – noch immer. Angst vor den Pfadfindern. Nur ein schneidender Schmerz unter der Lippe und keine Spur von Genuß.

Du begreifst überhaupt nichts!

Und ich bin gemein. Ich versuche, dir eine typische Geschichte anzuhängen, als wär's ein Kind und als wärst du ein dienstbarer Geist; dich in eine typische Geschichte hineinzustauchen, als wär's eine Schulbank; wie all die Unsichtbaren dich zurechtstauchen. Zum typischen Vierzehneinhalbjährigen. Zu den Vierzehnjährigen dich stauchen ... aus durchsichtigen Gründen, zu durchsichtig, als wärst du ein Abziehbildchen zum Absch ... Nein! entschwinde mir nicht! Komm! Ich will dich nicht quälen. Mit meiner Phantom-Lust. Am Spieltisch. Mit Peter Weiß plagen, den du nicht kennst. Mit

Abschied von den Eltern quälen, mit Törless. Am Ende womöglich mit Sade ... mit der Strafkolonie dich quälen ... mit der Verwandlung ... die du doch kennst, belesenes Kind! Du kannst mir nichts vormachen! Kafka hast du gelesen! Noch verstehst du's aber nicht ganz ... und ich könnt's dir erklären! Dir die Verwandlung erklären! die Strafkolonie dir erklären! bis du's verstündest ... Dich ein wenig mit Törless bekanntmachen? Ja, warum nicht? Wenigstens mit Basini im Schlafsaal ... Und es wäre ... nichts als ein Trick, meinst du? Damit du neugierig zu mir kämst, und kaum säßest du aufmerksam lauschend neben mir ... traust du mir nicht? glaubst du mir nicht? verstehst du mich nicht? Was willst du mit Kafka ...

Du weißt ja noch nicht einmal, was du tust, wenn du dein Kopfkissen bespringst! Was du bespringst. Daß du bespringst! Den Begattungsakt simulierst. Fickst. Vögelst. Besamst. Wie ein Stier in der Samenbank. Von Spiel keine Spur. Du spielst nicht an dir herum – wie wir's so gern nennen möchten! – nachts, im Liegen, bevor du springst, nein, ich weiß doch, auch im Knien, im Stehen, im Gehen!, im Sitzen, auf dem Klo, am hellichten Tag, bei jeder Gelegenheit tust du's, wenn's dich packt – sofern du nur hinlänglich allein bist –, und weißt doch nicht, was du tust. Du kannst es nicht sagen – so wie du da stehst – wenn jemand dich fragte, ein Bezwinger, eine Unsichtbare: Was hast du getan? Es käme dir nicht über die hervorragende Lippe, daß du wixt. Beständig nur wixt. Und mit einem herausfordernden, ja, reizenden Lächeln! Typisch? Du wichst doch gar nicht! du kennst ja das Wort nicht. Hast die Vokabel nicht gelernt! Haben wir noch nicht gehabt. Ein unbekanntes Tätigkeitswort – darum schreiben wir's jetzt mit X. So erinnert's dich nicht an den Geruch frisch gebohnerter Schulhausgänge, an den Wichs der Studenten nicht, und auch nicht an die Wichse, die du unter Umständen kriegen könntest ... an nichts kann's dich erinnern ... darum das X in dem Wort. Die Unbekannte in der Gleichung. Ein dir Unbekanntes. So weißt du nicht, was du tust, wenn du iXt.

Eigentlich meint's ja, korrekt nach Duden geschrieben, nur die Bewegung. Eine vergleichsweise sanfte Bewegung. Auf französisch tu te branles, wenn du's tust – du schüttelst dich! bis du wackelst. Das hast du gelernt, aber nur mit dem Kopf: branler la tête, im obligaten Französischunterricht. Ein etwas härteres Bild – denn im Grund sind's ja nur Bilder – eine grobe Bewegung: wenn's beim dritten oder vierten Mal kurz hintereinander nicht mehr gleich abgeht, und du, finster entschlossen, es noch einmal zu genießen, mit eiserner Faust ... Ja, was ist denn? Traust du dich nicht? Nur bis die Not weg ist, als Beruhigungsmittel, und nicht gleich noch mal und noch mal? Einen ganzen, einzig zum Zweck dieser Tätigkeit geschwänzten Nachmittag lang.

Stolz darauf, wie oft es geht! wie viel kommt! womöglich einen ganzen geschwänzten Nachmittag lang geht es und kommt es – To wank heißt's auf englisch. Auch Englisch hast du doch schon. Freifach. Nicht wichtig. Was to wank heißt? Keine Ahnung. Steht nicht in deinem Wörterbuch, als wär's ein Geheimwort, wohl auch so etwas wie wackeln, wanken … bis die Ohren dir wackeln, bis das Bett wackelt, bis du vom Bett kippst! Wichsen, se branler, to wank: Drei bildhafte Tätigkeitswörter, die nichts als Bewegungen bezeichnen, in unserem Zusammenhang Handbewegungen … Und du, was tust du, wenn du dein Kopfkissen bespringst? Onanierst du womöglich? Ein historisches Mißverständnis! Masturbierst du? mit semantisch verstümmelter Hand? Verwirrst du dich bloß auf Latein? Befriedigst du dich, auf deutsch, oder befleckst du dich nur oder holst du dir einen runter – das könntest du eigentlich sagen – kannst du's tatsächlich? So wie du da stehst … wie du guckst!

Als wärst du nie zufrieden mit dir.

Weißt du nichts anzufangen mit dir? Nichts Besseres mit deiner Not? Not nur? Was machst du aus dir, was machst du mit dir? Das große X jeden Tag, jede Nacht, seit fünf Jahren, seit jenem Tag …

Tag oder Abend?

Gewiß, fünf Jahre sind eine lange Zeit für dich – unvorstellbar für mich, wie lange fünf Jahre für dich sind! –, aber du weißt, was ich meine! Womöglich genauer als ich … ich seh's dir doch an! So will ich's von dir hören: mit deinen Worten, dem Klang deiner Stimme … eine genaue Schilderung der Empfindungen und Umstände bei deinem ersten Sex … denn um Sex geht's, um nichts sonst. Doch das sagt sich so leicht, und so ist gar nichts gesagt, nichts als ein X … schon wieder ein X in dem Wort! … Du kennst's ja noch gar nicht, das Wort, und so weißt du nicht, was ich sage. Nein. Keine leichtfertigen Wörter! Eine Schilderung will ich: eine ausführliche Schilderung des Tatherganges, der Tatumstände, des Tatmotivs, der Empfindungen bei der Tat, vor der Tat! nach der Tat! – und noch ein bißchen genauer, gefälligst! Ich könnte dich zwingen. Es könnte mich reizen, so wie du da stehst … mir durchaus ein wenig Lust bereiten, dich zu einem umständlichen Geständnis zu zwingen … und es wäre, schon beim Gedanken daran … ahnst du's? … kannst du's dir nicht denken … verstehst du mich nicht?

Du kennst doch den Rohrstock … aber noch kennst du nicht die Empfindungen, die er deinem Hintern zu bescheren imstande ist, ganz eigentümliche Empfindungen … da, über Mamas Schreibtisch gelegt, über die Papiere: die Marien-Meditation, warum nicht, keine Gefahr der Einnässung bei dir … du könntest's mutmaßlich noch nicht recht genießen? Und natürlich entblößt. Schau nicht so! Die Pyjamahose vom Arsch! denn nur auf dem

Bloßen ist's die rechte Bescherung. Schiß? diese Empfindung im Unterleib, als müßtest du's fahrenlassen … im Ohr noch das unterdrückte Schluchzen jener andern, übern Schulzimmertisch gelegt, das Gesicht in den Armen vergraben … und mutmaßlich nicht einmal auf den Bloßen. Der Züchtigkeit halber mutmaßlich. Nur auf den gespannten Stoff der unförmigen Hose derer aus dem Waisenhaus. Und trotz des groben Tuchs … Erinnerst du dich des panischen Kreiselns jener andern, rücklings auf dem frisch gebohnerten Schulhausflur, auf den sie sich fallen ließen, sofort, im Reflex, kaum war ihnen die Prügelstrafe verheißen. Es half ihnen nichts! So erbärmlich sie auch zappelten! Wie wehrlose Maikäfer zappelten sie … bevor man sie einfach einsammelt, zum Tisch schleppt und zum Vollzug bereitlegt vor versammelter Klasse. Erinnerst du dich? Immer die andern, weil's die schon gewöhnt waren. Weil sie die Sprache verstanden, heißt es später zur Entschuldigung, weil man sich als blutjunger Lehrer noch des Rohrstocks bediente … Weil sie nur diese Sprache verstanden! Die Sprache des Rohrstocks, die Schrift des Strafgerichts auf dem Leib, das Urteil als Schmerz auf der Haut, die Lektion eingeätzt in die Backen, den Gehorsam eingebleut mit dem Stock – ja, die Semiotik des Meerrohrs auf den Arschbacken verstanden sie – und wie sie's verstanden! So daß sie sich sofort in die Bodenwichse fallen ließen – bei Androhung von Wichse –

und obwohl sie's gewöhnt waren. Ist man's nämlich gewöhnt, mußt du wissen, verliert es ein wenig den Schrecken; die Backen gewöhnen sich an die Schrift; die Schrift verliert ihre Schärfe; ihre Wirkung verblaßt nach ein paar Stunden; auch Pergament ist geduldig. Es tut dann nicht mehr so weh. Und dennoch warfen sie sich quasi dem Lehrer zu Füßen! Ja, was glaubst du, wie du da anfängst zu plappern, wenn's dich zum ersten Mal trifft, und ein zweites Mal präzis auf die soeben getroffene Stelle, wie rasch das zündrot wird! Auf pädagogisch noch unbehandelter, quasi jungfräulicher Haut! Wie das Wirkung zeitigt auf noch ungenützter pädagogischer Fläche! Wie das zündet – wie du da deine Hinterbacken kennenlernst! Und es ist dir kein Strafmaß verkündet: im Dutzend; denn es ist traditionsgemäß die Sprache der Dutzend; kein Dezimalsystem; ohne System – mal da, gleich noch einmal da, mal urplötzlich woanders – denn alles Zählen wäre ja unerwünscht – alles Maß unsrem Zweck abträglich – im Prinzip endlos, erbarmungslos, bis alles gesagt wäre. Und der Schuß wäre draußen –

Halt! Bleib da! Ich tu' dir doch nichts! Es wäre nur hilfloses Gestammel – und mir ging's gleich in die Hose. Noch bevor was gesagt wäre. Und so mißlänge das Verhör. Du würdest wimmern, und nichts wäre gesagt. Es ungesagt lassen? und – den Schuß loswerden? denn – mußt du wissen – längst bin ich geil auf den Rohrstock – die Stigmata der katholischen Waisenhausknaben – doch die Quälgeister sind fern, in Berlin, ein Verein schon reiferer Geister, weißt du, durch Erfahrung weise geworden, so daß sie's in ihrem Vereinslokal unbesehen, ja stoisch, einem jeden besorgen, der sich übers kopflose Holzpferd legt, weil er's mal braucht, weil er's wieder mal nötig hat, quasi Not hat – zum Zuschauen schon geil! – in dem geil gestylten Lokal – als geschäh's den Boys überm Bock zwischen Objekten von Beuys – zwischen herber Objektkunst geschieht's, unterm Zeichen des diskret aufgehängten Teppichklopfers an der Wand – Kunst im Grund, eine kunstvolle Inszenierung – eine Simulation, aber der *Effekt* auf den Backen – den eignen womöglich! – und vor aller Augen …

Willst etwa du mich verhören?!

Warum eigentlich, sag mir, hast du bei der öffentlichen Exekution der Prügelstrafe auf dem Gesäß eines andern nicht einfach aufgestreckt und gesagt: Herr Lehrer, darf ich auch mal? mich übern Tisch legen! bitte! nicht immer nur die aus dem Waisenhaus! sieht doch geil aus! ich möcht's auch mal zu spüren bekommen – und es wäre dein erster Sex gewesen womöglich … deine Initiation quasi, dieses X … und mit acht schon …

Du ständest jetzt nicht so da – stumm – starr – als drohte man dir mit dem Stock –

Noch nicht einmal Latein damals – nur die Sprache des Leibs. Die Wirkung der Sprache des Rohrstocks auf dem Leib jener andern beinahe täglich vor Augen. Bloß das elementare ABC – eingebleut mit besagtem Stock auf der Wandtafel. Primarschüler, Drittklässler. Mit Schulranzen aus Seehundsfell, noch keine Mappe. Ein Neunjähriger ... erinnerst du dich? ... den man früh zu Bett schickt, damit er genügend Schlaf hätte, denn Tagwacht ist um halb sieben Uhr früh, wenn der Neunjährige endlich tief schläft, noch lange weiterschlafen könnte: dann ist Tagwacht; den man also beinahe schon am späten Nachmittag ins Bett steckt. Beinah noch später Nachmittag für mein Zeitempfinden: wenn man allmählich anfangen kann, an den Abend zu denken, den Abend zu organisieren, wohin? wann? gar mit wem? essen? zu den Quälgeistern e. V.? in den Hafen? den Knast? – wann wohin: die Kardinalfrage des Abends – sonst ist man immer zu früh oder zu spät – sagen wir also: früher Abend für den Neunjährigen. Wenn selbst für einen Neunjährigen an Schlaf nicht zu denken ist. Im Sommer. Wenn es noch hell ist! – es kann erst acht gewesen sein. Helles Licht, Himmel im Fenster, das Staken der langen Stangen an den Steinquadern der Uferböschung von der Bergfahrt der Waidlinge flußaufwärts. Die Stimmen der Bootsfahrer. Das Sirren der Mauersegler – unsichtbar. Weiße, linnene Laken. Bist du krank? Und so wär's das Weiß deines Krankenbettes, und draußen ist hellichter Sommerabend! – denn die Fensterläden sind nicht zu.

Nein. Kein Fieber. Du bist nicht krank! Wir wollen es nicht.

Eine weiße, linnene Insel im Sommerabend. Nur Licht. Lautlos die Talfahrt der Waidlinge. Schnelle Fahrt. Und du – stillgelegt.

Kein Gedanke daran, ans Fenster zu treten? Du wärst ein andrer geworden – und stündest nicht so, blicktest nicht so. Die Silhouette eines auf dem Sofa unter dem Fenster knienden Knaben, den Ellbogen aufs Fensterbrett gestützt, das Kinn in die Hand. Das aufgeschlagene Bett als Hintergrund im Halbdunkel ... wie ein aufgeschlagenes Buch. Ein anderes Buch – ein anderer Knabe!

Ein anderes Schicksal.

Wach liegen also. Schlaflos. Denn noch gehorcht dein Schlaf den Unsichtbaren nicht! Es ist zu früh. Zu hell. Zu warm. Das Staken unsichtbarer Stangen. Das Sirren der Segler. Die Stimmen. Ja, was fängst du da mit dir an, was machst du da – in deinem stillgelegten Kahn. Ja, was wohl?

Willst du behaupten, dein Ständer sei dir neu gewesen mit neun? Es widerspräche der Regel. Und wir kennen die Regeln. In der Regel steht schon jedem männlichen Kleinkind mitunter der Schwanz. Auch die kindliche Sexualität gehorcht Regeln! Widersprichst du der Regel? Fällt dir nichts ein? Brauchst du den Rohrstock? Gut gewässert, in Essig gelagert. Was hast du mit deinem kleinkindlichen Ständer gemacht, all die Jahre – schlaflos in den Sommerabend gelegt, Abend für Abend, bei keimender Annehmlichkeit, wenn sich's versteift: die Annehmlichkeit nicht unwillkürlich gesteigert? durch einen mechanischen Reiz? Willst du's leugnen?

Ich vermute – und wenn du nichts sagst, müssen wir, in Ermangelung eines gut gewässerten Rohrstocks, in Essig gelagert, vermuten – denn natürlich ist uns die Anwendung des Rohrstocks bei dir gesetzlich verboten, wie leider so vieles –, du hast ihn zum ersten Mal in die Hand genommen. Regelrecht. In die locker geballte Faust. Die rechte … die linke? Verhinderter Linkshänder, du! du kannst mir nichts vormachen! Wozu also ein Rohrstock? Behinderter Zweihänder im Grund. Der Lehrer hat dir immer wieder den Griffel aus der Hand genommen – vornehmlich beim Schreiben der Acht, die mit der linken immer wieder mißlang. Kein Zeichen «Unendlich». Keine Bogen, kein Anschluß, nur Ecken. Mit der rechten also? Eine zielstrebig lineare Bewegung? Unter besonderer Berücksichtigung des obersten Viertels, durch Abspreizen des Zeigefingers, wegen dieses übriggelassenen Hautzipfelchens schadlos vernichteter Vorhaut, dir belassen, als Zipfelchen, aus Erfahrung, in weiser Voraussicht, von jenem Medizinprofessor – den wir hier nicht namentlich nennen, aus literarischen Gründen, denn zu viele Namen stören den Rhythmus der Bewegung – bekannt, in Medizinerkreisen, für seine Erotomanie.

Unsauber gemacht! Habe ich immer gesagt! Dort nisten sich Keime ein! – Der Beschneider der jüdischen Gemeinde, dem Papa selbst als Ungläubiger assistieren durfte, hätte es besser gemacht: sauber und zeitig! Quasi standrechtlich gleich nach der Geburt, radikal. Aus prophylaktischen Gründen. Doch von Herpes-simplex-Viren kannst du als Neunjähriger im Grund nichts wissen, es widerspräche den Regeln.

Nur von dem Zipfelchen?

Warum aber jetzt? – jetzt erst – nicht schon als Fünf- oder Siebenjähriger – so zielstrebig – unter besonderer Berücksichtigung jenes Zipfelchens? Zielstrebig, sage ich? Du kanntest ja das Ziel noch gar nicht! Knabe! in deinem Kahn! keine Ahnung vom Ziel dieser Fahrt. Ein Ziel? keine Ahnung? Ja, was hat denn Mama gesagt? Du kannst mir nichts vormachen, es war doch das Alter der Aufklärung, durch Mama naturgemäß, und nicht sehr medizinisch … ganz und gar nicht medizinisch, in gewissen Einzelheiten geradezu haarsträubend verkehrt … Was hat sie denn gesagt? Du willst es nicht sagen? Weil du dich schämst, für Mama schämst du dich … wie sie da redete, plötzlich! … Komm, ich sag' es für dich, denn ich schäme mich nicht mehr, vor nichts und für niemanden. Einen runterholen, hat Mama gesagt, und etwas von Taschentüchern, wenn du dir einen runterholst … Und du wolltest's nun ausprobieren, die Bewegung zumindest, denn die Redewendung beschreibt ja, wenn auch ungenau, eine Bewegung … Und so wäre dir Mama gewissermaßen behilflich gewesen bei der Entdeckung … als wäre dir Mama quasi ins Bett gelegt, mit ihren Wendungen und Wörtern; in deinen Sommerabend gelegt, unsichtbar. Nein! so wollen wir's nicht!

Nur an das Licht erinnere dich! die Helligkeit. Den Himmel im Fenster. Das Staken von Stangen. Stimmen und Sirren. Die lautlose Talfahrt der Waidlinge. Eine schnelle Bewegung. Kahn, Knaben, schnelle Fahrt. Goethe. 5. 9. 14. Winkel. Unsichtbare Knaben. Flink beim Hantieren mit Tau, Stange, Ruder im Kahn – auf wogigem Strome – eilfertige Fahrt. Leichte Fahrt – ohne Fracht – eine angenehme Empfindung. In Fahrt gekommen endlich – keine Schlaflosigkeit mehr. Kein Gedanke an Schlaf. Kein Gedanke an Tagwacht und Wecken. Keine Spur noch von Goethe. Kein Gedanke an Schule und Rohrstock – an Mama und Papa – an gestern und morgen – an Mittag und Abend – kein Gedanke mehr urplötzlich!

Was war das?!

Ein Schrecken – als würdest du ohnmächtig, als hättest du dich verletzt, als müßtest du sterben, gleich sterben, in linnenem Weiß, als wär' es dein

Leichentuch – ein heiliger Schrecken! beinah wie ein plötzlicher Schmerz. Keine angenehme Empfindung. Ein heilloser Schrecken. Kaputtgemacht! und kein Arzt dir ins Bett gelegt.

Doch da ist nichts. Du kannst nachgucken: mit klopfendem Herzen, im inzwischen mutmaßlich schon dämmrigen Licht, im Schein der Nachttischlampe also, um genauer zu sehen – beim letzten Sirren vereinzelter Segler – nichts sichtbar. Keine Wunde, kein Blut. Nichts Sichtbares ist geschehen. Weißes Linnen. Ein Zipfelchen. Vor Schreck geschrumpft. Während die Empfindung, wie von einem diffusen Schmerz, schon versurrt.

Was ist dir da zugestoßen!

Das Unbekannte geschieht dir. Die Gleichung geht nicht mehr auf. Diesseits und jenseits des Gleichheitszeichens steht nicht das Gleiche. Denn es ist auch kein Schmerz, vielleicht ein schwaches Brennen, das beim allerersten Mal von fern an einen Schmerz erinnert, weil es an gar nichts erinnert … nichts Vergleichbares. Und du mußt's benennen! die Gleichung lösen können. Bis es wieder aufgeht. Armes Kind! so wie du da stehst … Aber doch nicht der Neunjährige! Dem sind Gleichungen egal – so gleichgültig wie mir. Der hat ja noch nicht einmal Latein! Und so könnten wir ihm ruhig sagen: Das nunc stans ist dir geschehen! Es wäre gescheiter, als von Taschentüchern zu reden. Kein Knochen ist dir gebrochen! – wie es geweissagt wäre –

bei der schnellen Fahrt! – Knabe! – kein Schiffbruch erlitten – nichts erlitten. Kein Arzt vonnöten – nur Schlaf, man schläft doch am besten danach. Von Schmerz keine Spur. Sonst hättest du's nicht wieder getan. Und immer wieder. Und ohne die geringste Empfindung, es nie mehr tun zu dürfen … ich will's nicht mehr tun! nie mehr! wie man vielleicht unterm Rohrstock quengelnd verspräche, während man's tut … und ganz kurz vor dem Erreichen des Ziels dieses Tuns, eine naturgemäß verzögerte Ankunft am Ziel … doch da ist ja kein Stock, der verzögerte. Drohte. Warum auch verzögern? Du kannst es ja wieder tun! Immer wieder. Und nichts droht dir. Nichts als die schnelle Fahrt – beim Sirren der Mauersegler – in deinem Kahn! Knabe! – auf wogendem Strome – auf reißendem Strom – und du wartest schon auf die Schwelle. Den Kick. Die Verwandlung. Die Wandlung. Von Transsubstantiation sagte Mama nichts? Und es wäre gescheiter gewesen – doch kein Wort davon dir. Kein Wort von dieser Verwandlung urplötzlich, kein Latein und kein Griechisch, denn von Altphilologie versteht Mama nichts … nur von Schamhärchen war die Rede; und auch davon versteht Mama nichts; und noch ist dir ja kein Härchen gewachsen! kein Härchen gekrümmt! kein Härchen gekräuselt! – so daß Mama es sähe – es geschieht im Unsichtbaren. Nichts explodiert. Keine Zeitbombe tickt, so daß Papa es hören könnte – nichts in dem Zipfelchen – kein Keim – kein Schleim – nichts Gefährliches, nichts Verbotenes, nichts Gemeines. Es muß nicht bloß unter der Bettdecke geschehn. Kurz vorm Einschlafen. Im Finstern womöglich, wenn die Tage ganz kurz sind, die Mauersegler in Afrika, die Waidlinge im Bootshaus vertäut. Nein. Jederzeit. Überall. Und – es ist alles. Auf einmal. Ein Sprung in der Zeit. Die Uhr steht. Der Zeiger fällt. Das Pendel der Neuenburgerpendule hält still. Das Zifferblatt krümmt sich, ein Knick in den Zeigern. Im Gemäuer ein Riß. Die Wände des Kinderzimmers tun einen Ruck, die Zimmerdecke fliegt weg, und über dir tut sich Raum auf – Raum plötzlich! –, die Häuserflucht flieht. Das Trottoir kippt. Die Straße unter den Dinky Toys sackt weg – und es sind nichts als purzelnde Toys –, der Eßzimmertisch ist verformt, das Silberbesteck verbogen, und leise schwanken die Lampen. Das lautlose Erdbeben in dir. Kein Knirschen im Holzhaus. Und nur mit der Hand – in der Hosentasche – der rechten. Eine kaum sichtbare Bewegung. Ein Stolpern, schlimmstenfalls, denn es fährt in die Kniekehlen, als wär' es ein Stöckchen. Ein unsichtbares. Du bist nie hingefallen. Nichts hast du fallen lassen. Es hat's nie jemand gemerkt!

Nur ein kurzer Augenblick einer kleinen Abwesenheit für die andern – von den andern –, denn es ist nichts für die andern! Nichts als ein Blick aus dem Fenster auf Unsichtbares. Zum Schatten geworden – einen Augenblick lang. Ein anderer Knabe. Du bist einen Augenblick lang nicht da. Ein Ausdruck unerklärbarer Abwesenheit im Gesicht, am Familientisch etwa, dieses Weiten der Augen, dieses Öffnen des Munds, im Augenblick der Ohnmacht – dieser Allmacht! – im Staunen. Eine Synkope im Herzschlag. Das kurze Stocken des Atems. Was ist denn mit dir? Es ist nichts. Ein Engel geht durch den Raum – doch das sagt ein Zehnjähriger nicht. Es ist nicht zu sagen. Und so ist's nicht für die Schule ... Nur unter der Schulbank tust du's nicht. Wagst du's nicht? Denkst gar nicht daran? Keine Lust in der Schule ... beim Anblick einer Züchtigung etwa, als Zeuge der Exekution eines andern ... warum eigentlich nicht? ... und zwar so, daß der prügelnde Lehrer es sähe ... und so nähme er dich dran, und wie! Und du flögst augenblicks von der Schule? in die Beobachtungsklasse? unter *strenge* Beobachtung gestellt? Und die strenge Beobachtung erwiese sich als die noch viel wirkungsvollere ... Verzögerung? Reizung? ... unter dem streng beobachtenden Blick ... und es darf nicht geschehn! noch darf's nicht geschehn! ... unter den neugierig beobachtenden Blicken der andern streng Beobachteten ... und schon ist's geschehn! Du wärst ein andrer geworden. Nicht wie die andern! Zu viele andere in der Schule? und es ist doch, wir sagten's, die Abwesenheit von den andern. Eine Absonderung. Eine Absonderlichkeit vor den andern ... wie jede Absonderung. Allein. Auf weitläufigen Spaziergängen am Samstag – denn am Sonntag herrscht Familienspaziergang – zum Rheinhafen. Zu den Docks. Allein zwischen stillgelegten Geleisen. Frachtgut, Krane und Schiffe. Da geschieht's. Das Unsagbare. Im Niemandsland. Auf der Straße zum Flughafen, zwischen Maschendrahtzaun beidseits, beinahe exterritorial. Eine kurze Beschleunigung auf dem Trottinet – kurz aus dem Tritt geraten –, wenn die Verwandlung wie von selber geschieht und die sichtbare Welt für einen Augenblick flimmernd verschwimmt. Es ist nicht die einzige Welt! Es gibt eine Welt hinter der Welt! eine andere Welt! und die ist nicht für die andern! Eine starke Erregung beim Gehen, wenn du die Hand nicht zu Hilfe nehmen willst, damit es dir beinah wie von selber geschähe, von der reinen Erregung des Gehens geschähe, und es wäre regelrechte Verzögerung, und der Elfjährige wüßte es schon? Ein stark erregter Elfjähriger! – vom Gehen erregt – denn es ist die stärkste Erregung – kurz bevor es beinah wie von selber geschieht. Eine stille Erregung. Ein Horchen nach innen – geschieht es? – beim Gehen. Ein Starren über die Köpfe der andern hinweg auf den unsichtbaren Punkt, in Erwartung des Sprungs – in die andere Welt – aus der Welt. Ein Lidschlag – wenn's springt. Oder ein Erstarren des offenen Blicks. Nach innen gekehrt.

Erinnerst du dich? An den Zehnjährigen auf der

Straße zum Flughafen? An den Elfjährigen, den das Gehen erregt? Trauerst du ihnen nach, als wären es deine kleinen, abgestorbenen Brüder … so wie du da stehst! als hätte ein Unsichtbarer dir mit Donnerstimme ein Machtwort entgegengeschleudert, ein lateinisches oder ein gemeines … und es hätte die kleinen Brüder in dir erschlagen. Die Kleinen in dir erstickt. Erwürgt. Als würgtest nun du an dem Wort, das dich erstickt, an dem Ersticken in dir, als müßtest du's herauswürgen, und könntest doch nicht, nur ein Würgen. Und – aus der Traum. Vom Gehen. Vom Fliegen. Es war doch … wie Flugtraum! ein infantiler Flugtraum! denn wir kennen die Regeln! Erinnerst du dich an den Traum, aus dem du aufgeschreckt worden bist … wenn du die Arme so ausbreitest und abhebst von der Berg-Fluh und im Gleitflug davonschwebst über die Ungeheuer der Ebenen hinweg und plötzlich …

Es war nicht im Gehen. Es war nicht im Fliegen. Es war nicht im Traum. Es war nicht am Rheinhafen, nicht auf der Straße zum Flughafen. Es war nicht Sommer. Es war finster. Kein Sirren von Seglern? Kein Staken unsichtbarer Stangen? Keine lautlose Fahrt? Kein Laut? Erinnerst du dich denn nicht? willst nicht? kannst es nicht sagen? nichts? War denn da gar nichts – keine Wandlung –, kein stärkerer Kick, kein höherer Flug, keine gesteigerte Lust, keine längere Dauer des Augenblicks, die doch zu erinnern wäre! Nur Finsternis! Und ein

Verdacht auf Feuchtigkeit an den Fingern. Schlimme Ahnung! Hast du's denn im Finstern schon angstvoll erwartet? auf das Unausweichliche gewartet? zu entkommen gehofft? Hast du gehofft? Und die Hoffnung … kaputt! Ein gläsernes Tröpfchen. Nichts als ein Tröpfchen, im Lichtkegel der angstvoll entzündeten Lampe, und so kniest du im Weiß, im Lichtkegel der Lampe, dem gnadenlosen Licht, der vollkommenen Stille, die Pyjamahose abgestreift, den Schwanz in der Hand – dieses Tröpfchen am Schwanz, wie es glitzert! – und du heulst. Lautlos. Du? Der Zwölfjährige. Auch ein kleiner, abgestorbener Bruder, der in dir noch unhörbar heult. Denn du heulst ja nicht mehr … so spritze! verdammt! egal wo, wohin, wo hinein … ja, wohin denn? … längst ist's nicht mehr bloß ein gläsernes Tröpfchen … ein Lust-Tröpfchen im Grund … das Sekret der Cowperschen Drüsen, mußt du wissen … doch von den Lusttröpfchen und von den Cowperschen Drüsen, die diese Tröpfchen erzeugen, weiß auch der Zwölfjährige natürlich noch nichts. Nur von der Unausweichlichkeit künftiger Flecken! Nichts als Flecken künftig! Nichts als Taschentücher her! Das Dienstmädchenproblem! Die Rückkehr der Wörter im Kopf. Die Zeitbombe im Leib, das Stethoskop auf dem Leib, das Ticken der Bombe in dir, das nur Papa zu hören vermag – und jetzt kommt's heraus! Ans Licht kommt's! Es bricht aus. Es ist doch wie Inkubation, Infektion. Tröpfcheninfektion. Eine Lusttröpfcheninfektion, aber nicht von den Cowperschen Drüsen erzeugt: eingespritzt. Einspritzen, ausbrüten, Ausbruch der Krankheit: Mama und Papa. Ein Syndrom. Das familiäre Geflecht ... als wär's ein Wurzelgeflecht, unterirdisch wuchernd, ausschlagend, ausgreifend: eine Falle ... ein Fangnetz! Als hinge der kleine, vor Trauer geschrumpfte zwölfjährige Schwanz mit dem schier unsichtbaren, gläsernen, glitzernden Lusttröpfchen am Zipfel schon in den Maschen des Netzes, als hätte der Zipfel sich darin verfangen ... und verfinge sich nun immer mehr. Unrettbar. In den Maschen verheddert. Die sich ineinander verheddern, verwickeln, verstricken – bis die verhedderten Fäden das Zipfelchen abschnüren. So daß es blutleer abstürbe. Kein Spielzeug mehr! Es gehört nicht mehr dir.

Ja, wem denn? Den Unsichtbaren? Den Keimen, die sich unsichtbar dort einnisten? Den Wörtern? Den andern ... und du wolltest doch nichts hergeben, kein Tröpfchen!, nicht einmal der Wäscherei! Den Mädchen womöglich? ... als könne jetzt jederzeit ein Dienstmädchen daherkommen und es behändigen, einstecken, dir die angenehme Empfindung entlocken – denn es ist doch angenehm! – und die schnelle Fahrt stoppen, nach Belieben!, deinen Kahn stoppen! Knabe! – das Sirren der Segler ersticken, die Segler einfangen – dir klauen! – die Segel dir klauen, das unsichtbare Gefieder – und der Gleitflug würde flach; der Flugtraum würde flach; du verlörest an Flughöhe, sänkest allmählich, unaufhaltsam, und die Ungeheuer der Ebenen, diese Dienstmädchen, griffen nach dir: deinem Gefieder, dem Zipfelchen, griffen es sich!, und würden den Flug in den Raum dir vergällen; den Raumflug vergällen; den Weltraum vergällen – mit gellender Stimme –, die Raumkapsel dir klauen. Den Raum klauen. Und es würde eng. Familiär. Ein Dienstmädchenproblem. Wo Dienstmädchen hernehmen heute. Wo Kindermädchen. Wo Mädchen. Nur ein Problem. Eins am andern. Das ist doch zum Heulen! Im grellen Lichtkegel der Lampe. Mit abgestreifter Pyjamahose – als wär's vor der Züchtigung! Auf den Knien im gestrandeten Kahn deines Bettes, – die Ruder verloren, die Stange verloren, auf eine Untiefe gesetzt von mißgünstiger Strömung – und ringsum: Finsternis. Zähneklappern. Da hilft nur noch beten.

Was sagst du da?!

Erwachsene, wir sagten es schon, hören nicht gut. Darum brüllen sie so, hören nie zu; schon gar nicht einem Kind der frühen sechziger Jahre!, noch beinahe fünfziger Jahre im Grund; und noch bist du ein Kind. Du hast gar nichts zu sagen. Und wenn du etwas zu sagen hast, dann sag's laut und deutlich, so daß man's auch hört. Knapp formuliert. Klar artikuliert. Beinahe brüllend –

Gummi! – Kannst du Kind, so wie du da stehst, nicht gesagt haben: Her mit dem Gummi! einem schwarzen, garantiert reißfesten, für das Horn; einem mit Himbeergeschmack, zum Lutschen; einem fein gerippten, damit beide mehr von der Liebe empfinden; spermizid beschichtet, zur Sicherheit; mit aktverzögernder Substanz, zur Harmonisierung des Intimverkehrs – mit dir selbst. Damit du's rechtzeitig lernst. Denn es will gelernt sein – und viel Zeit bleibt dir nicht. Und so gäb's keine Flecken! Von Schicksal keine Spur. Von Problem keine Rede. Schadlos vernichtbar. Verknotet. Entsorgt. Ein Schnippchen geschlagen dem werdenden Leben – daraus wird nichts! –, ein Schnippchen dem Tod. Aufgeknüpft an einem Zweiglein womöglich, so daß sich's biegt unter der Last dieser Frucht, am Wegrand. Als wär's dein Bündelchen, das dort baumelt im Wind – dem Gebüsch angehängt; dem Gestrüpp zum Tragen gegeben; zurückgegeben; an den Absender zurück.

Noch nie einen Gummi gesehen? Und darum blicktest du so?

Ach. Wie kämst du, armer Tropf, zu dem Stoff gegen die Tröpfchen? In der nächstbesten Apotheke? als wär's ein Heilmittel, erhältlich ohne Rezept? Was würdest du denn verlangen, Kind: Grünband, Blauband oder Goldrand? mit Reservoir oder ohne? Kennst du das Paßwort? den Code? Kondom, Präservativ oder Pariser? Bringst du's über die vorragende Lippe, den Draht über den Zähnen, diesem Gehege, ohne anzustoßen, ohne zu stottern, sofort in Schweiß auszubrechen, als würden die Knie dir weich bei dem Wort – in die Knie gehn vor dem Apotheker? Denn der geizte womöglich mit seinem Stoff, verpfiffe dich telefonisch bei Papa, miteinander verschworen: Apotheker und Arzt ... Was will das Kind mit dem Stoff? Heiße Ware, das Kind und der Stoff. Kein Spielzeug! Unzucht. Womöglich noch wider Gott und Natur, wider Papa Staat und Mama Kirche, egal, was du treibst, wie und mit wem. Gibt's nicht! Nur illegal, wie jeden Stoff, egal, ob zum Hineinziehn wie Staub durch die geblähten Nüstern oder zum Überziehen über das Geblähte. Unter der Schulbank? Ein schwunghafter Handel? mit der Beute aus Raubzügen durch die elterlichen Nachttischschubladen womöglich? Die Hausapotheke durchwühlen? das Apothekerschränkchen? das Nähkästchen? das Chuchichäschtli? den Eisschrank? Und da wäre nichts? Einfach nichts – zum Lutschen. Kein buntes, kleines, kein größeres, dickes – extra lang – keins von Okeido und auch kein Hot Rubber.

Dein Zeitalter ist nicht aus Gummi. Am Himmel deiner Liebesnacht leuchtet dir kein gummiger Mond. Deine Wege sind nicht von Gummiautomaten gesäumt. Dir hängt an den glitzernden Zweigen des Christbaums kein Schnippchen.

Nie gesehn, wovon ich rede – nie gehört.

So kannst du nur *Beten* gesagt haben. Es ist zu befürchten. Denn wir hören's nicht gern. Beim Beten gestört? So wie du da stehst?

Und so hättest du also zur Nacht gebetet, wie man sagt, auf den Knien vor deinem gestrandeten Kahn, mit geschlossenen Augen, murmelnden Lippen, stimmlos, tonlos geflüstert zu dem großen Unsichtbaren – Und ein Unsichtbarer klopft? stört dein Gebet mit waffenfähiger Stimme: Was machst du denn da?! – Und du sagtest, vergleichsweise lautlos, so wie du da stehst: Ich will beten? laßt mich beten? lasset uns beten – Wozu denn? fragte die unsichtbare Stimme. Wie kommst du denn darauf! Worum denn? Daß der Kelch an dir vorüberginge zur Nacht? Um den Kelch gebetet? Den Gummi?! Daß nichts käme, wenn es dir kommt … Daß es nicht über dich käme, Nacht für Nacht, in deinem Kahn ohne Ruder und Steuer, von Sandbank zu Sandbank geschaukelt, von Untiefe auf Untiefe gesetzt, von Welle zu Welle getrieben, hinaus auf den offenen Strom … den wogenden Strom … den reißenden Strom … und da wäre kein Felsen, daran sich zu klammern … ein Kopfkissen nur! Um den rettenden Felsen gebetet im reißenden Strom? Ja, wo käme der Felsen denn her, im Strom deiner unhörbaren Litanei, es hört dich ja keiner, wenn du zur Nacht betest, jede Nacht, nur zur Nacht, mit murmelnden Lippen, stimmlos und tonlos. Wo kommt der Felsen denn her ... wie kommen wir jetzt auf den Felsen ... sag's mir ... komm! ... ich weiß, daß du's weißt ... wenn du schon betest ... ich weiß, daß du betest ... aber ich kann deine Stimme nicht hören ... als wäre ich taub. Ein Unsichtbarer, der nicht hören will.

Was hast du gesagt?!

Sterben? hast du Sterben gesagt?!

Mysterium Mortis. Könntest du gesagt haben. So wie du da stehst. Gewiß nichts vom Gummi. Ladislaus Boros. Mysterium Mortis. Aus dem Mund eines geschlechtsreifen Kindes, diesem verwachsnen Gehege entfleucht, aus Gründen der Mendelschen Gesetze verwachsen ... und kein Klang einer Stimme. Ich kann dich nicht hören. Gebrochen wahrscheinlich. Mutmaßlich sehr leise, ein wenig lispelnd, weil doch die Zungenspitze anstößt an dem Gehege, behindert vom Draht beim Sprechen des S – wie die Hand beim Schreiben der Acht – keine Chance, Bub, gegen das Gebrüll der Unsichtbaren. Gegen die Stimmen, die einen Waffenschein bräuchten. Kein Klang, kein Klang-Körper. Nur ein Zischeln mutmaßlich, ein Krächzen? Ja, warum gebrauchst du deine Stimme denn nicht als Waffe, wie die andern, warum krächzt du nicht einfach, statt stimmlos zu beten, und freust dich ... daß es mit vierzehn – vierzehneinhalb, ja, ich weiß – schon dermaßen spritzt. Von mir aus über alle Schranken hinweg, über die Marienmeditation, bis auf die altindische Seide, so daß man's sieht, daß man's hört ... Ja, warum spritzt du nicht einfach, läßt dich fallen, bäuchlings übern Tisch, rücklings auf den Boden, wild zappelnd, wie jene Käfer, laut krächzend ... und kein Mysterium müßte sein. Es geht nicht ums Sterben –

Nein. Noch nicht gleich. Noch eine ganze Weile lang nicht. Doch allzuviel Zeit bleibt dir nicht, ich sagte es schon. Bald nämlich entartet womöglich jede Liebesbeziehung zur Sterbebegleitung – so mußt du es frühzeitig lernen!

Ja, was denn?

Loslassen müssen sie lernen, sagt Mama, erst dann können sie sterben. Doch noch können sie's nicht. Und klammern sich an ihre Sterbebegleiterin, mit einer unerwarteten Kraft, diese Kraft!, sagt Mama, mit der sie sich an alles Menschliche klammern! mit ineinander verkrallten Fingern womöglich, so daß es aussieht, als würden sie beten. Um Menschliches? eine Begleitung?

Und darum brauchst du den Fels; aus dem Mysterium Mortis des Jesuitenpaters Ladislaus Boros, den brauchen wir jetzt. Ich habe das Buch irgendwo aufbewahrt; nicht in meiner mobilen Haushaltung; ich weiß nicht mehr wo; ich kann's jetzt nicht finden. Doch du brauchst den Fels. Aus dem Buch. In dem Strom, der dich mitreißt. Um daran dich zu klammern. Bevor du zerschellst.

Noch sitzt du ja fest! Auf deiner Untiefe allein! Und kannst nicht zerschellen!

Verschellen.

Verschollen sein, einen Augenblick lang.

Nicht zu sprechen.

Don't disturb.

Das rote Schild an der Türklinke.

Suchen Sie einen Begleiter? Weißt du, später wird's einfach, wenn's um Dienstleistungen geht. Eine Art Pflegedienst, eine Beatmung mit dem Leib, der Geburtshilfe ähnlich, pressen!, nichts als ein Festhalten im Grund, in kräftigen Armen, wenn möglich nicht nur mit den Armen – und wenn möglich nackt. Bis es wirkt. Das Dormicum? Das Valium? Das Tonopan? Oder einfach die Flasche Rotwein? Kein Whisky, der verursacht nur Kopfschmerzen! Nein. Bloß die Massage. Body/Body. Du mußt dich nur hinlegen, und du kannst dich festhalten, wenn's strömt, und es gibt keine Flecken, und geht's dennoch daneben, so kümmert's nicht einmal das Zimmermädchen, du brauchst keinen Gummi. Nicht einmal einen Bodybuilder. Nur ... einen Liftboy; doch in welchen Hotels gibt's heutzutage noch Liftboys ... oder einen Frühstückskellner. Der hat frei, nachts. Unter Umständen einen veritablen Psychiatriepfleger, für den Anfang oder wenn du wieder einmal zu lang auf deiner Untiefe festsaßt, beherzt im Umgang mit Anfallskranken, nicht zu medizinisch, nur beherzt, keine Krankenschwester! Manchmal genügt ein gewöhnlicher Handwerker: Flachmaler; Elektriker, geübt im Umgang mit Spannungen; oder ein Klempner, wenn's tropft. Kein Profi nötig – es ist doch so einfach! Nur ein wenig Kleingeld, recht viel Kleingeld, auf die Dauer, und daran hapert's bei uns halt ein wenig … Doch von derartigen Begleitumständen kann bei dir ja die Rede nicht sein! Kein Gedanke an Dienstleistungen bei dir, an Sozialleistungen, dir geht's nicht um Leistung … ums Sterben schon eher. Wir können's nicht wegdisputieren. So wie du da stehst!

Als wartetest du auf ein Wunder – darum betest du doch! Um das Wunder deiner Transsubstantiation, daß dir eine Offenbarung zuteil würde: eine hellichte, dunkle und schöne – meinst du, ich nicht?

Ja, wo denn?

Im hell gekachelten Raum einer öffentlichen Bedürfnisanstalt – bedürftig wie du bist! –, und du glaubst doch, bibelkundiges Kind: Wunder werden nur Bedürftigen zuteil. Im Zustande tiefster Bedürftigkeit. Das Kamel und das Nadelöhr. Allen Ballasts ledig. Ohne Hab, ohne Gut. Wie ein kleiner Bettler stündest du da, im Büßerhemd – es muß nicht gleich das Pyjama sein. Ein Leibchen genügt. Ein T-Shirt – doch das kennst du ja nicht – ein unklassisches, unchristliches Fremdwort! – ein Leibchen also. Und … kurze Hose? Die schwarze Turnhose womöglich … ich sähe dich gern so! In praktischer Kleidung für die Bedürfnisanstalt … als kleiner Turner … aber nicht du. Du nicht. Nichts, was an Leibesübungen erinnert! Und kurze Hosen trägst du schon lange nicht mehr, als wär's dir zu kindlich. So kämen wohl auch keine abgeschnittenen Jeans in Betracht? ausgefranst unten, hinten geplatzt … Knalleng müßten die sein! Nein, nichts für dich, da braucht es schon eine reifere Gesäßmuskulatur, trainierte Backen und Schenkel … Aber Jeans müßten es sein. Gibt's die noch nicht? Muß es doch geben! Selbst für dich! Keine Flanellhose bitte. Die läßt du zu Haus, bei deiner abgestreiften Kindheit. Jeans aus dem Kinderladen! denn noch wächst du ja. Und ein Matrosenleibchen; ohne Kragen natürlich; damit dein Hals sichtbar bleibt, ein erbarmungswürdiger Hals; erbärmliche Schultern; ein zerbrechliches Schlüsselbein. So hingestellt vor die weißgekachelte Pissoirwand. Der Erbarmung würdig. Bedürftig. Wonach?

Ja, was will denn das Kind da?

Der Polizei kannst du nicht mit apokalyptischen Offenbarungswünschen kommen. Die Polizei liest den philosophischen Glauben angesichts der Offenbarung nicht. Aber sie käme sofort – offenbarte sich dir, und glaubte dir nichts. Auf den nächsten Posten brächte man dich. Auf das Fundbüro für verlorene Kinder. Oder ein freundlicher älterer Herr nähme dich bei der Hand und führte dich schonend aus der Bedürfnisanstalt und brächte dich heim – aus Erbarmen! –, noch bevor die Polizei käme. Nein, da wird dir kein Wunder zuteil, zwischen schmierigen Kacheln, im Gestank nach Kot und Urin, wie Hiob im Dreck. Ein hiobistisches Kind. Du bist noch zu klein! Da traut sich doch keiner, in der Öffentlichkeit einer Befürfnisanstalt … dir Offenbarung zu sein? Selbst der leibhaftige Leviathan verschmähte das hiobistische Kind; als fürchtete er das zerbrechliche Schlüsselbein. Kein Behemoth traute sich, mit Knochen wie Röhren aus Erz; kein Erzengel mit flammendem Schwert. Nur ein Papa oder ein Polizist, womöglich beides in einem. Geh da nicht hin! du! Bedürfnisanstalten sind schrecklich! Du weißt es. Du müßtest gleich sterben vor Scham. Deiner Bedürftigkeit halber. Mit der Scham mußt du rechnen. Sie ist das Geheimnis deiner Bedürftigkeit. Sie gehört zum Mysterium. Ein mysteriöser Schmerz – unerklärbar. Ja, man könnte geradezu sagen … du schämst dich, so wie du da stehst, deiner Scham, denn sie ist nicht mehr zu verbergen, und es ist die Scham deiner Bedürftigkeit, die Bedürftigkeit deiner Scham … du schämst dich! du schämst dich! Und die andern schämen sich mutmaßlich auch. Alle. Vor der Scham aller andern.

So müßte es jenseits der Scham sein – im Jenseits? im Unsichtbaren? – außerhalb. Nicht hier, nicht dort! Zwischen Ankunft und Abfahrt. Und du weißt es.

Warum wohl diese Ausflüge zu Flughafen und Rheinhafen, zu den Docks. Auf stillen Geleisen. Zwischen Frachtgut. In abgestellten Eisenbahnwagen, Containern. Zwischen schwindelerregenden

Kranarmen, bauchigen Schiffsrümpfen … doch wer nähme dich jetzt in den Rumpf? Ein Binnenschiffahrtsmatrose? In der Nacht vor der Abfahrt … und ließe dich stehen, so wie du da stehst, zwischen unsichtbaren Containern und Frachtgut, auf totem Geleise, im Grauen des Morgens? Ja, warum nimmt dich denn keiner – zwischen Abfahrt und Ankunft … aufs offene Meer? … als blinden Passagier… tief im Rumpf … blind für die Scham. Denn dort ist keine Scham am Horizont, kein Horizont für die Scham. Die Scham über den Horizont gekippt! wenn der Horizont kippt. Der künstliche. In der Horizontalen … Herrgott! warum nimmt dich keiner. Kommt keiner. Noch immer nicht. Nie. Kein Binnenschiffahrtsmatrose, kein Leichtmatrose, kein großer Steuermann, nicht einmal ein Schiffsjunge: höchstens ein arbeitsloser. Nichts als ein Junge. Abgeheuert. Zum Anheuern. Keine Aussicht auf große Fahrt, mußt du wissen … nur schnell … zu schnell abgefahren auf den … unter dem … zerschellt … zwischen Strandgut …

Auf dem Trockenen halt. Als wäre ich du.

Ein Fährmann? Brauchst du den Fährmann zum anderen Ufer? Herrgott! – ein Fährmann wenigstens.

Groß, breitschultrig, blond; aufrecht im flachen Kahn stehend, der soeben ablegt; vor dem Hintergrund einer beinah kanadisch anmutenden Landschaft, gegen Abend, im Spätsommer, getroffen vom letzten Licht – über den Köpfen der Schatten im Kahn. Nichts als Schatten im Kahn, du!, unter dem! Mir namentlich bekannt, der Fährmann. In jener Landschaft, die keine kanadische ist, sondern vergleichsweise heimisch: Flußlandschaft, Wald. Denn unter Umständen kannst du auch einen Fährmann kennenlernen, wenn du Glück hast, einen breitschultrigen, blonden, Fels in den Strom – womöglich am Bahnhof. Ein Name; ein Abenteuer, im Kopf, mit dem Fährmann – den du doch kennenlernen kannst! – als wär's irgendein Mann – aber keine Geschichte.

Martin hieß der; wollte nicht in den Kahn; mit mir nicht; nur reden; mit dir nicht?

Du siehst ja den Fährmann noch gar nicht! Nicht einmal den Fährmann. Nur die Fähre, täglich, vom Balkon aus über dem Rhein, inmitten der Stadt, ein gedeckter Kahn am schier unsichtbaren Metallseil, an dem mitunter die Schwäne zerschellen im Flug – und du weißt, was es bedeutet. Mythenkundiges Kind! Lethe und Styx. Und – die vom anderen Ufer? Und dort wär' nur die Kaserne? die backsteinrote Kaserne?

Vom Bahnhof hast du gehört ... von Mama natürlich, warnend. Der übliche Ort. Für Ausreißer, Aufreißer. Keine toten Geleise – Schienen, die in die Unendlichkeit führen, wo die Parallelen sich treffen. Abfahren! In die Unendlichkeit! und es ist keine Acht. Nicht zu schreiben. Alles ist für dich doch vergleichsweise unendlich. So wie du da stehst. Dastehen … in Jeans und im Shirt und den Reisenden nachschauen, den Zügen, ganz ohne Gepäck, ohne Tasche; gegen eine Säule gelehnt, warten: wer nimmt mich mit? nimm mich mit! Ja, glaubst du, es käme einer – bevor die Bahnpolizei käme? Ein Fährmann? Ein Leviathan? dich zu verschlingen? Nichts als ein Reisender? Forschungsreisender womöglich, und er nähme dich mit als kleine Reisebegleitung, als Gegenstand seiner Forschung am Ende … nach … ja, wohin denn? egal? … auf die große Reise? Und es wäre wie sterben? Träte plötzlich zu dir, deiner Säule, ein Fremder; drückte ein Geldstück dir in die Hand, rasch, einen Fünfliber, einen Geldschein, als ging's um nichts als ums Beschenken bedürftiger Knaben. Und du gingst mit, mit dem Fremden? ohne zu fragen, wohin? aller Warnung zum Trotz? Ja, wohin ginge die Reise … wohin wohl … womöglich aufs Klo. Aufs Bahnhofsklo. Das führt immer aufs Klo. Spätestens auf dem Bahnhofsklo wäre das Abenteuer zu Ende, die Reise. Spätestens, sage ich. Denn – man hat euch beobachtet. Unsichtbar. Gierig. Begierig auf derartige Beobachtung. Der Mann mit dem Kind – und am hellichten Tag! Nur ein Wahnsinniger würde sich trauen. Der so bedürftig wäre wie du. Schon wahnsinnig vor Bedürftigkeit. Traust du mir diesen Wahnsinn zu? Ohne dich nach deinem Ausweis zu fragen … Hast du denn überhaupt einen? Nein.

Identitätskarte? Personalausweis? Nie gehört. Du stehst ja im Paß von Mama und Papa. Du brauchst keinen Ausweis ... Täuschung unmöglich! Keine Gutgläubigkeit denkbar, als Strafmilderungsgrund. Nur Blindheit. Jeder Sehende sieht doch, wie verboten du aussiehst, und so ist an Wahnsinn – im Bahnhof – gar nicht zu denken. Werd mir nicht wahnsinnig, du! – vor Bedürftigkeit –, bis du dich schrecklich verrechnest, denn dieser Wahn ist der Tod. Der gesellschaftliche zum mindesten. So traut sich doch keiner, wahnsinnig zu werden, am hellichten Tag im Bahnhof – denn im Bahnhof herrscht immer Tag –, und so stündest du an deiner Wand, gegen deine Säule gelehnt, vor Bedürftigkeit wahnsinnig geworden, nichts als ein kleiner Bettler – bis die Bahnpolizei käme. Denn die will keine kleinen Bettler am Bahnhof ... um Stoff bettelnd womöglich ... doch das gibt's ja noch gar nicht! für dich! hierzuland! Stoff? kleine Bettler? So käme die Bahnpolizei noch schneller. Sofort. Bevor irgendein Bedürftiger Zeit fände, wahnsinnig zu werden.

Von Wahnsinn keine Spur – nur Polizei überall. Allgegenwärtig. Unsichtbar.

Überall? Es muß dunkel sein, so hat die Scham kein Gesicht und der Wahn eine Tarnkappe, keine Altersgrenze mehr sichtbar, und es ist tatsächlich am anderen Ufer. Dort! Bei der backsteinroten Kaserne! Wo du hinstarrst, so wie du da stehst, auf dem Balkon hoch überm Fluß, im Sirren der Mauersegler und beim Staken der Waidlinge flußaufwärts – am anderen Ufer! in Kleinbasel, diesem Bordell. Wenn die letzten Segler versirrt sind – sie schlafen, sagt man, im Flug – und die Waidlinge im Bootshaus vertäut. Die Bootsfahrer – diese Halbnackten mit ihren Stangen – schlafen doch nicht! Warum denn die nicht? Wenn also die Mauersegler schlafend durch die Finsternis segeln und die Bootsfahrer nach Kleinbasel gehen, die Binnenschiffahrtsmatrosen ins Bordell, die Rekruten in den Ausgang, der Fährmann, warum denn der nicht, irgendein breitschultriger Blonder, in die Grünanlage dort, am Rheinbord! im Pärklein! nach Einbruch der Nacht! – aber das weißt du ja nicht. Man hat's dir nicht verraten. Darum sage ich's dir!

Und so müßte nur einer kommen und es dir einfach sagen, beizeiten: dort ist keine Scham, nur der Wahn? Da mußt du mal hingehen – mit klopfendem Herzen, stockendem Atem, fröstelndem Hintern und trockenem Mund?

Ein Leviathan, der dich verschlänge, den schwarzen Fluten entstiegen? ein gutmütiges Behemoth aus dem Fluß, mit ehernen Knochen? ein Erzengel – der Fels in der Nacht?

Denn es ist finster, ein Schattenreich, und du wärest selber nichts als ein Schatten – ein vergleichsweise kleiner –, wie tot vor Angst in dem Reich: ein vorzeitig gestorbenes Kind. Den Obolos unter der Zunge. Darum klebt sie dir so am Gaumen. Und es käme der Fährmann – ein Schimmer von fernen Lampen im Blondschopf – und er fürchtete dich nicht, weil alle Schatten vergleichsweise klein sind –, und er nähme den Obolos nicht. Weil du doch so klein bist – noch klein genug für den Martin! Dich nähme er, so daß die Knie dir schlottern, und es wäre der Tod? Noch nicht! Noch lange nicht! Nur der Tod deiner Kindheit – den wünschst du dir doch! Ins Gebüsch nähme er dich, ohne dir den Obolos abzunehmen. Im Gebüsch nähme er dich – so daß die Zunge am Gaumen dir festklebte! – das ist nur zum Zuschauen so reglos. Als verschwämme das heftige Schlottern im Finstern mit den unerklärbaren Bewegungen der Finsternis. Als verschwämme dieses Schlottern ununterscheidbar mit dem Schlottern der Finsternis. Als verschluckte die Finsternis dieses Schlottern, und da wäre nur Heulen und Zähneklappern im Finstern … Du stirbst ja aus Angst vor der Finsternis! Du stirbst im Finstern vor Angst. Ein Kind. Das betet im Finstern vor Angst, panisch im Finstern sein Kopfkissen bespringt, lautlos vor Angst – den Obolos der Angst unter der Zunge –, die Zunge am Gaumen – und da ist kein Fährmann. Der's nähme. Nicht einmal ein Martin. Kein Kahn zum anderen Ufer, nur ein Bett. Kein Gedanke an halbnackte Bootsleute – strotzend vor Kraft –, die dich flottkriegten mit ihren Stangen und Rudern –

Was rede ich da –

Noch träumst du womöglich von Marilyn Monroe, und zwar auf dem Klo, wie so viele. Als geschlechtsreifes männliches Kind deiner Zeit. Kein Dienstmädchen – ein Symbol! Der weibliche Leviathan. Mit verschlingendem Mund, unendlich vervielfältigt. Die ist tot, du! – Die nimmt sich kein Männchen mehr, nicht einmal ein dunkles, galantes. Und du wärest natürlich galant. Und es wäre … ein Entkommen? Entkommen!

Auf sehr weißem Schiff, im Blau des Golfs von Neapel – und *sie* als Galionsfigur am Bug in sehr weißem Kleid, beinahe ein Brautkleid – erinnerst du dich? willst du nicht? warst du erst zwölf? oder schon vierzehn? –, und es war keine Monroe. Natürlich nicht. Ein nordisches Fräulein … Schwedin? blond doch? Dänin? … Kannst du meiner Erinnerung nicht nachhelfen? … Ein Mädchen! da kannst du mir nichts vormachen! Plötzlich war da ein Mädchen, kaum älter als du. Ein Billet d'amour von Hotelzimmer zu Hotelzimmer, von Familiensuite zu Familiensuite. Und was stand in dem Billet? Wer war der Postillon? Was hast du dem Mädchen geschrieben? Was hat es geantwortet? Hat es? … Antworte, wenn man dich fragt! So wie du da stehst … keine Ahnung? Schämst du dich? Kein Name. Kein Wort. Da hülfe kein Stöckchen. Nichts als die Galionsfigur im Brautkleid, über azurenem Meer, auf der Überfahrt von Neapel nach – Capri! Ausgerechnet! Das ist doch schon … jenseits! Und du ahntest es nicht? Und hoffiertest das Brautkleid, galant wie du bist? Bloß charmant? Nein, keine Rede von tändelndem Flirt, Koketterie, Gesellschaftsspiel. Ernst wie du bist ... ein Billet d'amour! Und die Braut als Galionsfigur! Und – nach Capri! In die azurene Grotte. Und ...

Gar nichts. Nichts blieb ja verborgen, so kann gar nichts gewesen sein. Und wäre nun keine Bewachung gewesen – streng der Natur gemäß, familiär, beidseitig, allseitig –, was wäre da möglich gewesen? In der Grotte? Was denkst du? Wäre an ein Händchenhalten zu denken gewesen, im Bug, im Gischt, in der Grotte, der tiefblauen ... Ein Händchenhalten, wenigstens dies, Herrgott! warum wehrst du dich nicht, schickst die familiäre Bewachung zum Teufel, wünschst dir die Sippe ins Pfefferland ... Nimmst dir die Braut, die du willst, wenn du willst! schleichst dich ein, mit List, kletterst über Mauern, stiehlst die Zimmerschlüssel, sperrst die Familien ein oder aus, und stiehlst dir die Braut! Stiehlst dich nach allen Regeln der Kunst ins Brautbett, ins jungfräuliche, wenn du doch willst! Statt daß du bloß träumst. In Blau und in Weiß. Vom Brautkleid im Gischt. Dieser Galionsfigur! Oder mitunter in Rot. Von dem verschlingenden Mund. Nichts als ein Mund, grellrot. Vervielfältigt. Entleibt. Tot. Ein totes Symbol: und du weißt's doch, wenn du mitunter noch immer träumst von dem Schlund, der sich auftut, als wär's eine Grotte, so daß dein milchiger

Saft aus deiner kleinen Faust auf die ebenholzschwarze Klobrille tropft, so daß du ihn wegputzen mußt, sofort, als wäre es Gift! und bis zum letzten Lusttröpfchen! Galant wie du bist.

Ein Entkommen? Im Brautkleid? Auf sehr weißem Schiff, in die Grotte? Das kannst du dem Fährmann erzählen – mir nicht.

So geh doch ins Kloster. Ja, geh nur! Ich weiß, daß du's willst.

Was sagst du da?!

Hört man nicht richtig? Hört man denn zu?

Das kannst du nicht sagen – so wie du da stehst. Im Pyjama. Das Schlüsselbein achtlos entblößt. Mit hängender Lippe. Vierzehneinhalb! Bist du krank?!

Und doch weiß ich, daß du nichts andres gesagt haben möchtest, so wie du da stehst. Im Büßerhemd. Bettelmönch. Kleiner! mir brauchst du's nicht zu erklären. Ich bin längst im Kloster gelandet, ich glaube, ich sagte es schon. Wo ich auch bin. Richte meine Zelle mir ein, errichte meinen Altar, tapeziere die Wände mit Heiligenbildern, knüpfe die Geißel aus Hanfseil; wäßre meine Stöcke; führe Hand gegen mich selbst. Ich knie gern, huldige: der Rest ist Gebet. Kein Weltgeistlicher mehr – längst nicht mehr – ein Wortgeistlicher. Maßvoll säkularisiert –

Oder wollen wir streiten?

Ich treibe Unzucht! Ich saufe! Von der Völlerei

wollen wir gar nicht erst reden ... Nein, nicht jede Nacht lege ich mich vor zwölf schon in mein mönchisch schmales Bett, mein Haupt auf dein Kopfkissen womöglich. Ich streune durch nächtliche Städte wie ein räudiger Hund ... Ich liebe die Finsternis. Noch viel finsterere Räume als ein finsterer Park ... nur nicht stockfinster. Sonst sieht man ja nichts. Hört's nur. Gewiß auch ein Reiz, doch ich bin Augenmensch geblieben, trotz allem. Ich schaue gern zu ... wie sie's treiben! ... den Gespensterschrecken nicht unähnlich ... wenn sie aneinanderkleben, im Stehen, als wüßten sie nicht, wo ein, noch aus ... Ich treib' es! wenn sich nur Gelegenheit bietet – selten genug, leider – und: verkehrtherum. Recht gern eigentlich umgedreht, auf den Bauch gekehrt – wenn sich nur Gelegenheit böte! – den unchristlichen Obolos unter der Zunge, so daß sie mir festklebt am Gaumen, wenn es mich packt. *Er* mich packt! es *ihn* packt ... und sei *er* bloß aus Gummi ... oder andersrum. Ist mir auch recht. Egal wie. Wo. Recht gern eigentlich, egal wie und wo, wenn sich nur Gelegenheit bietet – selten genug, leider – meist nur im Kopf. In der Erinnerung, aus der Erinnerung. Beim Zuschauen, Zuhören, das Ohr an der Wand. Da bin ich mitten unter euch! Über euch. Zwischen euch. Oder einfach am Schreibtisch. Ich kompiliere, mußt du wissen, als Wortgeistlicher, mäßig säkularisiert, die Fragmente der Unzucht in meinem Kopf, und aus verschiedensten Quellen –

Exerzitien, sagst du? könntest du sagen, mit zischelnder Zunge, das Wort ist dir geläufig; geistliche Übungen statt Übersetzungsübungen; statt Freiübungen, an der frischen Luft, zur Ertüchtigung deines Leibs, damit du zum Mann würdest, zum Wehrmann … Ja, könnte man denn, was ich treibe, wenn sich Gelegenheit bietet, selten genug leider, meist nur im Kopf, nicht als Turnübungen bezeichnen? … Ein Exerzieren quasi? … Nein? … Exerzitien lieber? Meditation könntest du auch sagen, auch dies ist dir geläufig, und längst schon vor Mama. Von Papa gar nicht zu reden …

Ja. Genau so stehst du da: als überlegtest du dir, wie du's den Unsichtbaren sagen könntest, und wüßtest nicht wie – so daß sie es hörten! Ohne in Zorn zu verfallen? in Panik! erzieherische Panik! berechtigte Panik –

Ins Kloster – nicht in die Welt! Nicht an die frische Luft bitte! Nicht in den Wehrdienst! Nicht in die Turnhalle! Nicht in den Schuldienst! Nicht in die Arztpraxis! Nicht in die Praxis! Nicht in den Brautdienst! Nein, ins Kloster!

In ein richtiges echtes katholisches Kloster!

Um dem großen Unsichtbaren zu dienen? Auf den Knien, im Dreck, vor der durchlöcherten Wand des Altars quasi … weißt du, wenn ich mir's recht überlege, so wäre das Klo für mich jetzt das geringste der Übel … recht eigentlich ein demütiger Dienst, eine Art Kommunion, ein wenig kannibalisch, wie sich's gehört. Doch das liegt bei dir nun mal nicht drin, obwohl wir's gern sähen. Ja, da wäre womöglich noch gar nichts zu sehen ... nicht einmal zu hören, dumpf, hinter der Wand der verschlossenen Kabine. Bestenfalls ein verschämtes Herumstehen, scheu äugend, ein rasches Weggehen, bestenfalls in Begleitung ... und doch wäre da noch kein Gedanke an Sterbebegleitung ...

Nein.

Noch kein Gedanke an Sterbebegleitung bei Mama. Kein Gedanke an Theologie! an Feminismus gar! Nicht einmal Hausfrau im Grund. Dame des Hauses noch! Bürgerlich. Aufgeklärt.

Und du willst ins Kloster, und zwar subito! So wie du da stehst?

Du bist doch nicht katholisch, Kind – und du willst's womöglich nicht einmal werden. Ich tue dir wahrscheinlich unrecht. Und so brauchten wir uns eigentlich gar nicht zu streiten? Du willst beten – zur Nacht – ich will beten! – zur Nacht – wir wollen beten! könntest du durchaus sagen – stört uns nicht! – denn man weiß ja, daß wir beten, meditieren – und so weiß man im Grunde nie, hat man uns nun beim Beten, beim Meditieren, beim Lesen – man weiß doch, daß wir lesen! – oder beim Kompilieren? ahnt man's? – gestört. Man kann nie wissen, ob wir nun lesen, kompilieren, meditieren, beten oder schlicht wixen, wenn man uns stört.

Gestört, so oder so – wie wir dastehen – vor den Unsichtbaren.

So gehn wir ins Kloster! Dort stört uns keiner und keine.

Du willst bloß ungestört sein – du kannst mir nichts vormachen – und du wirst deinen Willen bekommen – wie beinahe immer –, denn sonst müßte man sich ja streiten: Müßte dir beispielsweise, so wie du da stehst, mit deinem mir bekannten, ja vertrauten Wunsch nach dem Kloster, entgegenschleudern: Bist du krank? Kommt nicht in Frage! Und dir das Wort abschneiden. Den Mund verbieten. So daß du da stündest mit hängender Lippe, verbotenem Mund. Achtlos entblößt. Von dem Machtwort getroffen. An die Luft, junger Mann! Und die Stimme, die so zu dir spräche, aus dem Unsichtbaren, urplötzlich – keine Türen, keine Versenkung, kein Schnürboden, nicht einmal ein Souffleurkasten! – wäre schnarrend und laut. Eine inquisitorische Stimme. Mangels tauglichem Gehörschutz geschädigt. Die Stimme des Vaters. Denn Mama hätte gar nichts zu sagen. Dame des Hauses. Von ihrem Ernährer ernährt. Und um Ernährung ginge es doch. Um die rechtzeitige Übernahme des väterlichen Betriebs – eine florierende Arztpraxis –, da kann doch von Kloster die Rede nicht sein! Im Grund ja auch nicht von Junggesellendasein, selbst wenn's nicht mönchisch wäre – auch nicht von Dame des Hauses eigentlich, sondern von einer Krankenschwester, einer beherzten, als Zukünftiger, Gehilfin in der gemeinsamen Praxis: am kostengünstigsten als Familienbetrieb geführt. Daß die familiäre Hilfe auch Krankenpfleger sein könnte – ein beherzter, geübt im Umgang mit Anfallskranken – oder gar ein Pharmazeut, ein beherzter, geübt im Umgang mit eignem Familienbetrieb? – florierend im Geschäft, nicht nur in der Apotheke aufblühend, eine aufblühende Schönheit womöglich, von blühendem Charme –, wäre nur noch nicht bedacht. Und nach einigem Wortwechsel – schnarrend, von Nebengeräuschen begleitet: scharrend, knarrend, ja knallend –, nach vergleichsweise kurzer Bedenkzeit, der praktischen Vernunft halber: bewilligt! Tja, wäre man wahrhaft vernünftig. Und für die naturgemäße Phase der Unvernunft wäre das Bordell zuständig; warum nicht das Klo; oder, falls all die frische Luft nicht genügt, der Fachkollege von der Psychiatrie.

Man gibt doch eine blühende Arztpraxis nicht nach bloß einer Generation aus der Hand, der väterlichen, fürsorglich geschickten, notfalls starken. Verschleudert Talente, Erbe, Chancen – die allerbesten! Wofür sonst hätte man ein Leben lang gekrampft? Für ein paar Flausen –

Verstehst du die Sprache? Oder muß man nachhelfen, damit du kapierst? Und du wüßtest, womit?

Ganz und gar nicht?

Und doch stehst du da, als wäre so zu dir gesprochen worden – so schnarrend. Schuldbewußt stehst du da! Im Bewußtsein deiner Nichtigkeit, vergleichsweise: nichts – du! – gegen eine blühende Arztpraxis. Wie oft, Kind, ich weiß, hast du versucht, statt beizeiten zu schlafen – oder zu lernen! Latein! diese Sprache der Diagnosen! denn ohne Latein läuft gar nichts! –, versenkt in östliche Meditation – Zen, die Kunst der Erleuchtung, das Lachen des Meisters –, das Nichts zu denken, das du bist, um eins zu werden mit deiner Nichtigkeit, diesem Nichts, nichts mehr zu denken!, auf den Knien deines Herzens, im Lotossitz, dieser Verrenkung!, um nichts mehr zu müssen. Hören zu müssen. Kein Wort mehr von Schnarrenden. Kein Gebrüll von Unsichtbaren. Kein unsichtbares Gebrüll mehr! Keine Diagnosen. Keine Fremdsprachen. Keine Gleichungen, die nicht aufgehen, keine Zahlen mehr. Keine Ziffern, keine Chiffren, keine Buchstaben. Keine Zeichen – nicht einmal mehr das Sirren der unsichtbaren Segler, das Staken von Stangen – nichts mehr, als wär's jetzt genug. Genug von dem Schnarren, dem Sirren, dem Staken. Als wäre ein kosmisches Flirren um dich her, dem nicht zu entkommen wäre, ein Sirren von Wörtern, von Stimmen im Ohr, ein Flirren von Ziffern, von Zeichen vor Augen … ein Ver-Sirren noch aus dem falschen Jahrzehnt, diesen falschen Fufzigern, vergiß die, denn angebrochen ist die Morgenröte eines neuen Jahrzehnts. Und du sähest sie nicht, die Rosenfingrige, tausend Blumen Bringende!, so wie du da stehst? Und so bliebe nur ... eine blühende Arztpraxis? ... Nichts? Nichts als die Empfindung der eigenen Nichtigkeit, vergleichsweise, als Schuldempfindung, und die Unterwerfung unter die Nichtigkeit, bis nichts mehr ist ... nur nichts ... und es wäre nicht einmal ... eine Lust? ... nichts als Lust? ... die Lust am Nichts ... ein Schnarren um nichts ... ein Schmarren von nichts ... ein Stammeln von nichts! ... ein Quengeln um nichts ... ein Beten um nichts ... Aus Lust an dem Schmarrn, dem Gestammel, der Lust, diesem Nichts!, das wir sind in den Augenblicken der Lust ... Lust an der Nichtigkeit, die wir sind, wenn's uns packt ... überm Bock ... an dem Tisch ... denn natürlich sind wir nichts gegen eine blühende Arztpraxis. Und so wäre nichts aus uns geworden? nicht einmal Weltgeistlicher? Prediger nicht? Und so hätten wir gar nichts zu sagen?

Nichts zu erzählen? du?

Das Ereignis, du weißt es, meditationskundiges Kind!, ereignet sich aus dem Nichts: ein Wunder. Und daß du auf ein Ereignis wartest, als wär's ein Wunder, eine Erleuchtung, wer sähe es nicht! So laß es sich ereignen, verdammt!, damit etwas zu erzählen wäre. Die Jahrzehnte des Nichts, Knabe, sind inzwischen auch schon wieder vorüber – hinüber! Man erwartet Ereignisse von uns: und nichts Harmloses, bitte!, Harakiri zum mindesten. Sonst langweilt man sich. Und wir sind ein Betrieb. Aber – keine Arztpraxis!

Pfarrer? Was sagst du da? So wie du da stehst – wenn man dich fragt: was willst du denn werden, Bub?, und wer fragte dich nicht! – Pfarrer. Nichts anderes. So wie du da stehst. Und dagegen ist eigentlich gar nichts ... zu schnarren. Es verschlägt's einem ein bißchen. Man kann nicht dagegen. Auch ein Hochschulstudium, sicheres Einkommen, Mangelberuf – im übrigen: jeder nach seiner Façon. Und Gott gegen alle?

Ein Trick, Bub, ich weiß, oder willst du ... zum Sterbebegleiter werden? Grabreden halten, predigen, ja, warum eigentlich nicht – aus Lust am Wort –, als Wort-Gewaltiger, denn es gilt nichts als das Wort, das Wort ist am Anfang gewesen, das Wort ist das Ende, das A und das O ist das Wort ... in kahler, in schmuckloser Kirche, in der das Wort Wohnung genommen, so daß es hallt in der Wohnung, Sonntag für Sonntag, und nichts als das Wort. Das Ja-Wort ... willst du's abnehmen, ihnen quasi abluchsen? Trauen? Taufen, auf einen Namen, mit einem Taufspruch, den Taufspruch konfirmieren mit einem Konfirmationsspruch? Konfirmierte trauen? Getraute begraben? Zu Sterbenden gerufen, zu Neugeborenen gerufen, von Zeugungswilligen gerufen, von Gebärfreudigen zum Einsegnen berufen – von dem Segen gerufen beständig, als wär's von der Nachtglocke zur Un-

Zeit … Du willst doch nicht Arzt werden, nur das nicht!

So darfst du ins Kloster. Mit nicht einmal fünfzehn. Eine Art Berufsvorbereitung. Eine Schnupperlehre im Grund. In den Schulferien natürlich. Auf Zeit. So ist Zeit gewonnen, nicht verloren, kein Schade. Was schnarrn wir denn da. Keine Rede von – Streit? Man ist doch froh, daß du weißt, was du willst, und beizeiten. So braucht man sich's nicht mehr zu fragen. Mama wird fürsorglich ein Kloster für dich suchen und finden, ein katholisches, allumfassendes – wortkundiges Kind! – und Papa … ob du's nun glaubst oder nicht: Papa wird dich hinfahren. Beinahe ein Wunder.

So mach ein Ereignis daraus … und mir keine Schande, Bub! … Es ist deine Chance: deine einzige! – ich sage es dir! – So achte auf das Geringste. Die Zeichen. Die Wegmarken der Reise. Mit jener überreizten sinnlichen Wahrnehmung, die deinem Alter gemäß ist – eigen zu sein hat! Ich brauche Material! sinnliches Material! auf daß es zu gestalten wäre, erzählerisch womöglich, warum nicht in epischer Manier … sinnlich! sage ich … sinnlich zu gestalten wäre … so daß man's genösse … immerhin … es ist heiß! einer der *großen* Sommer, wie man sagt … schwitze! so daß man's noch ein Vierteljahrhundert danach zwischen den Buchstaben riecht … ich will's zwischen deinen Buchstaben riechen! … Und: nichts ist dir vertraut auf dieser Reise ins Kloster! Das Gesicht der Erde: neu! So nimm's wahr mit der Schärfe des beobachtenden Kindes, das schon kein Kind mehr ist, und seine Kindheit, die Außenwelt wahrnehmend mit halluzinatorischer Klarheit, abstreift. Halluziniere! als wär's eine Erleuchtung. Sei ein wenig, nur ein wenig ... Jüngling! Bleib nicht so in dich gekehrt. In dir verschlossen. In dich gestaucht. Schuldbewußt. So wie du da stehst, du ... Wahrnehmungskrüppel! Vergiß alle Wörter! diese auswendiggelernten, angelesenen, fremdsprachigen, hochklassischen, fernöstlichen, und bleib nicht so stumm!

Du bist doch sonst auch nicht so stumm?

Daß Papa stumm bleiben wird, weitgehend stumm – schnarrn? der? –, ist beinahe verständlich. Zum ersten Mal mit dir allein, herausgelöst aus dem Verband, und unterwegs – und nach Bayern! Fast in den Bayerischen Wald ...

Billige ihm, deinem Vater, beinahe Angst zu. Die Grenzstadt – so rasch vermögen Ängste doch nicht zu schwinden –, man hatte an der Grenze gestanden, im sogenannten Aktivdienst, als wär's schon aktiver Kriegsdienst. Gewehr bei Fuß. Arztköfferchen griffbereit. Im Kopf den hippokratischen Eid. Truppenarzt. Was da auf einen zugekommen wäre ... Angst, daß sie kämen! Angst vor der Finsternis. Angst vor den Braunen, den Schwarzen, Angst vor der finstersten Unvernunft, Angst vor dem finstersten Katholizismus, Angst vor dem Mittelalter; gegen das sich der Humanismus erhob, vereinfacht gesagt. Mutmaßlich, doch wir wissen es nicht, auch eine verborgene Angst vor den lange verbotenen Jesuiten – selbst wenn du nicht gleich zu den Jesuiten gehst, du liest immerhin Ladislaus Boros – Angst vor dem Mysterium Mortis, als Arzt –, Angst vor den Seelenfängern. Obwohl man eigentlich an die Existenz einer Seele nicht recht glauben kann, nicht recht weiß, was das ist … jedenfalls nicht zuständig ist dafür! Angst, kurzum, vor der Inquisition. Dem Absolutismus. Dem Irrationalismus. Dem Feudalismus … und Bayern ist ja noch quasi feudalistisch. Erzkatholisch halt. Und mit Wagner darf man Papa schon gar nicht kommen … Ja, kämst du ihm denn mit Wagner? Soll ich mit Wagner dir kommen? Weißt du eigentlich, wie du Furore machen könntest, blankes Entsetzen säen könntest, erschölle aus deiner verriegelten Jünglingskammer Wagner, lautstark, während du zur Nacht betetest womöglich? Nietzsche läsest statt Jaspers, den Arzt? Statt ins Kloster zu gehen, Wagner hörtest, womöglich mit einem anderen Jüngling zusammen … in diesem Mozart-Haushalt! Aber nein. Angst vor der Lautstärke. Wie Papa. Angst vor Ludwig dem Wahnsinnigen womöglich? Angst vor Neuschwanstein, dem königlichen Tuntenbarock? Angst einfach, sage ich, dich, seinen womöglich von einem religiösen Wahn besessenen halbwüchsigen Sohn, direkt der Inquisition auszuliefern, eigenhändig, mit dem schwarzen

Arztkreuz am Wagen! Als liefere er dich der Gehirnwäsche aus, das kennt man, als müsse er dich ins Irrenhaus fahren, ins Narrenhaus, in den Turm, schonungsvoll, selber um Schonung stumm bittend. So stumm! Angst, Papa? Ein Unbehagen – keine Panik, nein, noch nicht – ein unbehagliches Gefühl mutmaßlich, bei dieser Überführung ins Kloster. Nichts als ein stummer Begleiter ... als bereite ihm das Reden übers Kloster im voraus Mißbehagen. Alles Religiöse ist ihm doch mißbehaglich! Dir nicht? Bist du wahnsinnig? ein mystisches Kind, und dein Vater hätte alle Erziehungsgewalt verloren, denn es geht doch nicht bloß um Ernährung, sondern um Erziehung. Zum gesunden, aufgeklärten Humanisten. Und du wärest deiner Vaterstadt entglitten, deinem Vater entschlüpft ... kein Erziehungsberechtigter mehr? nichts als dein Begleiter. Schicksalsergeben am Steuer und stumm. Des Menschen Wille ... So vergiß Papa! und versuche zu sprechen. Mit brüchiger, mutmaßlich lispelnder, sehr leiser Stimme. Wenn du schon nichts wahrnehmen willst außer dir, nichts von der Hitze, dem Sommer, von der Landschaft nichts, nichts von der Landwirtschaft, den bayrischen Bauerndörfern, den mutmaßlich schmucken ... wie hoch wird das Korn stehn? welche Blumen, und mit Namen!, blühn in den Gärten? wie heißen die Bäume? kennst du sie nicht? ist's dir egal? keine Augen im Kopf? ...

Was weißt du eigentlich vom Katholizismus – so

wie du da stehst –, von der mystischen, allumfassenden Kirche … nichts als Wortkundigkeit! … von ihrer Geschichte? ihren Dogmen? Beinahe ebensowenig wie er. Beinahe nichts, fürchte ich. Nur von der östlichen Lehre wüßtest du zu berichten, vom Nirwana bestimmt, vom Samsara eventuell, von der Kunst des Bogenschießens vielleicht, vom Lachen des Zen-Meisters gewiß, vom Mysterium Mortis natürlich, vom Fels in dem Strom … Doch damit kann man ihm ja nicht kommen: mit Mystizismus? Mysterien? erst recht nicht mit dem Tod! Mit dem Tod darf man ihm doch nicht kommen. Angst vor dem Tod. Erst recht als Arzt. Und Arzt – ob nun zur Erziehung berechtigt oder nicht – bleibt dein Begleiter.

Worüber reden?

Die Heilige Schrift – wir hätten's beinah vergessen! – kennst du natürlich schier auswendig, bibelkundiges Kind! Sagten wir's nicht? Und ich habe beinahe alles vergessen: vier Fünftel vergessen, neun Zehntel vergessen. Und dein stummer Begleiter, den wir doch zum Reden bringen möchten, kennt nur die Bergpredigt: das Barmherzige an der Schrift kennt er, das Samaritanische immerhin; als wär's bestenfalls brauchbar im Samariterverein … Was sollen wir also mit der Heiligen Schrift jetzt? Darin forschen? Warum nicht: Ezechiel, Ezechiel!, natürlich habe ich dein Exemplar, arg zerfleddert schon, Bestandteil meiner mobilen Haushaltung, wo ich auch sei, weil ich doch alles vergessen habe, neun

Zehntel vergessen, und wie soll man da auskommen ohne die Heilige Schrift. Ezechiel, sage ich, ist verregnet. Tatsächlich. Die Kapitel 42 bis 47 sind zerknittert, Beweis, daß du dich in Ezechiel vertieft hast, über Ezechiel meditiert hast, gebrütet hast über Ezechiel, Ezechiel zumindest gelesen hast – so wie du da stehst! –, wenigstens bis zum Einzug des Herrn in den Tempel, bis zur Herrlichkeit Gottes von Osten her, denn die ist am ärgsten verregnet. Erinnerst du dich? Du mußt dich doch besser erinnern als ich … an den letzten Sommer? den vorletzten? … ein hochsommerlicher Wolkenbruch in einem Garten, der dir vertraut ist. Das lesende Kind, am Klapptisch, mitten im Garten, ein apokalyptischer Wolkenbruch! untilgbare Katastrophe für das Buch. Und deine Bücher sind dir doch heilig; alle; du kannst mir nichts vormachen; viel heiliger als mir: ich bin ganz dankbar für den zerknitterten Ezechiel, so erinnert man sich an den Ausbruch der Sintflut über dem heiligen Buch, wenigstens vage, an das bibellesende Kind am Tisch mitten im üppigen Garten.

Glaubst du daran: an die Herrlichkeit Gottes, und sie wär' dir verregnet? Soll ich's dir glauben? Und es wäre kein … Trick? Und so hättest du tatsächlich alles gelesen, mit stockendem Atem, stockendem Herzen, und nicht gemerkt, wie sich's zusammenbraute über dir? All die Scheußlichkeiten gelesen, wie sie dreinschlagen mit dem Zerschmetterungsgerät, den Tempelhof mit den Erschlagenen füllen, um der begangenen Greuel willen, und nur die Gerechten würden verschont, die mit dem Kreuz auf der Stirn … Du hättest gelesen von dem blitzenden, blinkenden Schwert, blankgefegt, um zu schlachten, und nur die Gerechten würden verschont, die mit dem Kreuz auf der Stirn! Und das Wort Gottes hätte Wohnung in dir genommen, Wort für Wort am Klapptisch im Garten, bis es losbrach über dir? Bei Kapitel 42 erst, und so urplötzlich? Hat wer ins Haus dich gerufen? Was hat dich gerufen? Ein Drang? Eine Unsichtbare? Von der Veranda mit ungeduldiger Stimme: essen! Wie man ein Kind ruft zum Essen. Ein Klang aus der offnen Verandatür, aus dem dämmrigen Innern des Hauses: Chopin? Und du wolltest lauschen. Und vergäßest über dem Klang, dem Drang, dem Hunger, dem: Essen! die aufgeschlagne Schrift auf dem Tisch unterm offenen Himmel? Du?

Glaubst du ans Strafgericht, so wie du da stehst? ans Tal der Entscheidung? Willst du zu den Gerechten gehören, unbedingt, zu denen mit dem Kreuz auf der Stirn? Fürchtest du dich vor dem Propheten? Vor den Propheten, die du gelesen hast, alle, am Klapptisch inmitten des Gartens! Denn es gäb' kein Erbarmen? Es sei denn … zu den Gerechten zu gehören! dem Herrn kein Greuel zu sein! diesem … aus dem Weg zu gehn? … bevor das Biest pißt! … ins Kloster zu flüchten vor dem Antlitz des Herrn? Vor sein Angesicht zu treten, das Kreuzzeichen auf der Stirn, um dem Dreinschlagen zu entgehn, der blitzenden Klinge des Schwerts zu entgehn, der Sintflut zu entgehn, der Rache, dem Jüngsten Gericht, dieser Apokalypse, apokalyptisches Kind! ... und so könntest du tatsächlich keine Herrlichkeit schauen? keinen üppigen Garten, von Rosen gesäumt, familiär dir? nicht die Herrlichkeit aufziehender Wolkentürme im Hochsommer? keine Wolkenschiffe, keine Wolkenhaifische? keinen Sommer? keine Landschaft? In beständiger Furcht vor der Apokalypse, der Sündflut, dem Dreinschlagen, nichts schauen, nichts fühlen, keinen Drang, keinem Klang lauschen, keine Hitze, keine Schwüle, kein Blühen, in Erwartung des Jüngsten Tags, ein ängstliches Harren voll Schuld ... und da wäre keine Spur Lust ... apokalyptischer Lust?

Ja, hast du dich denn nicht ein wenig ergeilt an den Scheußlichkeiten, bis Kapitel 42 dich aufgegeilt an dem Dreinschlagen, dem Zerschmetterungsgerät, dem blanken, blinkenden Schwert, an den Cheruben mit den Wirbelwindrädern erregt, erhitzt an den Gesichten des Propheten, an den notorischen Zerstückelungsphantasien der Propheten deine Phantasie entzündet, dich entzündet an der Wortgewalt der prophetischen Sprache zum mindesten ... bis der Atem dir anders ging, tief gebeugt über die Schrift ... bis es zu tröpfeln begann, und du merktest es nicht ... bis der Herr seinen Himmel über dir aufriß! im Zorn! ... Und nun schämtest du dich? so wie du da stehst? schuldbewußt! weil ER seinen Himmel ausgeschüttet hat über dir! die Sintflut ausgegossen urplötzlich über deiner Heiligen Schrift, so daß sie dir verdarb, zerknittert bis auf den Jüngsten Tag.

Aus dem Garten vertrieben? dem rosengesäumten, familiären?

Nein. Irgendein Unfall, ein meteorologischer, irgendein Ruf ins dämmrige Innre des Hauses, eine Störung! Du hast dich nicht aufgegeilt am Gesicht des Propheten; ich will dich nur wieder in eine Geschichte hineinstauchen, als wär's eine Kirchenbank, eine katholische. Du bist nicht katholisch. Keine Ahnung von erregender Frömmigkeit, süßlichen Ministranten, geilen Märtyrern, kein Verlangen nach dem Heiligen Sebastian womöglich: dich zu ergießen über dem Bild seines gemarterten Leibs ... und glitzernd und gläsern ... kein Gedanke an Harakiri ... keine Lust am Dreinschlagen mit blankem Schwert, diesem Zerschmetterungsgerät, ganz und gar nicht ... puritanisch wie du bist! Puritanisch, sage ich? Alttestamentarisch! Erbarmungslos! Gerecht oder ungerecht. Am Ende ein Feilschen – unter offenem Himmel – um den einzigen Letzten – bevor es regnet: womöglich Feuer, Asche und Glut. Und der Gerechte willst du sein! müssest du sein, glaubst du, sonst regnet's – und du müßtest dran glauben, gnadenlos. Und so könnten wir nicht ... im Garten sitzen, dem rosengesäumten, familiären, bei Chopin aus offner Verandatür ... reden? Du willst nicht rechten mit mir?

Mit ihm nicht, nein; deinem stummen Begleiter, gottergeben am Steuer; du verstockt als Beifahrer daneben; ohne zu schauen, auf dieser Fahrt ohne Route; in Landschaft ohne Namen, Ereignis und Bild. Nein, kannst du nicht. Sprächest du ihm nämlich prophetisch, vom Jüngsten Tag gar, gerecht oder ungerecht, er sähe dich schon ... bei den Heiligen der Letzten Tage! Und du weißt es ...

So wie du hier stehst.

Bliebe Kunst. Nur Kunst bleibt, als denkbares Gemeinsames auf der Reise ins Kloster, als Anreiz für diese Reise durch Bayern, mag's so katholisch sein, wie es will, erzfeudalistisch gar, beinahe braunschwarz. Kunstschätze zu besichtigen gibt's genug. Mérite un voyage, steht wohl im Guide Michelin, nicht bloß un détour. Barockkirchen vor allem. Im Vorbeifahren quasi mitzunehmen, ja einzustecken, abzuhaken schlicht, und eine nach der andern. Eine Kirchenflucht schier ... die Flucht der Barockkirchen im Land. Eine Bildungsreise, die sich geradezu anbietet auf dem Weg nach dorthin, gar nicht abwegig, als Legitimation für deinen Begleiter; Selbstrechtfertigung gar; Versuch einer Annäherung an das für ihn befremdlich Barocke, im Grunde Katholische, ja Gegenreformatorische!, auf dem Umweg über die Kunstgeschichte, denn Kirchen sind natürliche Archen der Kunstgeschichte, Kunstmuseen im Grund, reine Kunst. Eine Hinführung für dich, auf dem Weg über die kunsthistorische Dimension des Sakralen. Ohne Kunstgeschichte ist ein Theologiestudium doch undenkbar, billige deinem Begleiter diese unausgesprochene Überlegung zu – und, umgekehrt, müßten wir beifügen, bleibt Kunstgeschichte ohne theologische Kenntnis unverständlich.

Barock, sagte ich? Barockkirchen?

Hochbarock, Spätbarock, Höhepunkte des Rokoko, und was weißt du schon von Barock, kunstgeschichtlich unkundiges Kind!, von Rokoko gar. Noch weniger als dein Begleiter. Rein nichts. Eine Ahnung bestenfalls vom Expressionismus – Munch! – von der klassischen Moderne vor allem – Klee: das wunderbar Kindliche! – Mondrian: das wunderbar Geometrische! – Picasso und Braque: das Kubische! – Sam Francis und Rothko: die reine Farbe! – die als reine Kunst bewunderte reine Abstraktion – und die, vor allem, gälte es nun zu vergessen, auf dieser Barockkirchen-Fahrt. Als wär's eine Höllenfahrt … So versuch ihn doch festzuhalten, deinen flüchtenden, schreckhaften Begleiter, in *einer* der Kirchen wenigstens, wenigstens so lange, daß es zu erinnern wäre, in der Wies wenigstens, der Wallfahrtskirche zum gegeißelten Heiland, mir zulieb wenigstens … und es gelänge dir nicht? Denn dein Begleiter wäre schon beinah von Panik ergriffen … als ertrüge er den Weihrauch nicht, die Souvenirstände, die Devotionalienhändler, die Votivtäfelchen, die Votivkerzen? Ein paar große, beherzte Schritte in den sakralen Raum – ein entsetzter Rundblick – aha, das ist die Wies, hochberühmt – wir haben's gesehen – ein ungeordneter Rückzug, Flucht. In die nächste Barockkirche … oder Rokoko? Barokoko! Flucht! Als fürchtete er, der Gips finge über seinem Haupt an zu bröckeln; die fleischigen Körperteile der himmlischen Kindchen stürzten sich auf sein Haupt; der Gips erschlüge ihn glatt und die blauen Weihnachtsengelchen griffen nach ihm – die gipsernen Putten griffen sich ihn! seiner Säuglingswaage entflogen, trotz ihres Specks, unbestimmten Geschlechts, als wollten sie sich nie mehr wägen, gar impfen lassen! – Und trügen ihn fort, in den täuschenden Himmel, zu dem schwindelerregenden Regenbogen, vor den samtenen Thron des Jüngsten Gerichts – die Himmelspforte öffnete sich: und er müßte Rechenschaft ablegen! selber in die Waagschale geworfen. Ja, als schwindelte ihm – von dem schweren Duft, den luftigen Engelchen, dem wolkigen Gips, dem Föhnblau des täuschenden Himmels, den Föhnwölkchen aus goldgeflügelten Säuglingen im Blau – zuviel Blau. Zuviel Gold. Zuviel Gips. Zu wolkig. Zu viele Kirchen, in den Kirchen zu viele Bayern, kein Platz! Die Luft ein optischer Schwindel! Die Hitze! der Föhn! keine Zeit! – und keinen Sinn für das Gesamtkunstwerk. So lehre ihn doch, deinen ungeduldigen Begleiter, die Kunst der Betrachtung: den Blick für das Einzelne im Gesamten und für das Gesamte als Einheit … Du? ausgerechnet! Lerne den Blick nach außen, nach oben, nicht bloß nach innen – verstockt! – ins finstere Nichts – diese drückende Stille! Laß es dir schwindeln, erhebe den Blick: denn was weißt du schon vom Gesamtkunstwerk. Von sinnlicher Fülle! Nirwanakundiges Kind! Du und Barock – Rokoko gar? – ist dir … dir wie ihm. Ich seh's doch. Karg, spröde, verkümmert. Du wie er auch. Erschlagen noch von der luftigsten Fülle, ohne Wahrnehmung für dies Fest! Kitsch, von mir aus, Dekoration, ein Schaufenster der Stukkateurskunst, man braucht ja Aufträge, wer nicht! – ich wollte mir doch gelegentlich ansehen, was du übersehen wirst – und frisch restauriert. Süßlich. Süße Bußkirche zum gegeißelten Heiland! Die Ketten sind echt, nur die Ketten. Aus Eisen. Die Bußgeißel aus Gold. Goldige Bußgeißel! Kein Zerschmetterungsgerät: Schmuck. Mutter Erde, die am Sockel die vergoldete Prunkkanzel trägt, ist in Wahrheit ein luftiger, lustiger Jüngling mit zünftigen Brustmuskeln. Nahrhafte Brustmuskeln! nährende Nipples. Das Weihnachtsengelchen, an den Himmel gemalt, streckt sein gipsernes Schenkelchen in die Luft. Ein geflügelter Säugling mit goldenem Hut! Die Säuglinge turnen an Mamas vergoldeter Wäscheleine wie kleine Trapezkünstler – Madonna! als wäre da tatsächlich eine blühende Kinderarztpraxis außer Kontrolle geraten.

Blühende Kinder, außer Rand und Band, der väterlichen Hand entwischt, der wägenden, bestimmenden, impfenden. Und – es ist kein Schrecken. Selbst der Tod ist vergoldet. Der Schmerz ein optisches Wunder – das Tränenwunder! – die Buße eine rhetorische Pose, eine architektonische Floskel oder eine erotische Spezialität. Ja! süß wäre die Buße, auf den Knien vor dem geketteten Heiland, unter dem silbrigen Lämmchen, das den Tabernakel ziert, verabreicht mit der goldenen Geißel, bis das Tränenwunder geschähe, die Tränen dem Geketteten kämen, die süßen, die rührenden – und zur wohlklingenden Strafpredigt: gedämpft vom vergoldeten Stuck über der Kanzel, wie in Watte verpackt von den luftigen Wolken der Kinder, versüßt vom rotlippigen Lächeln des mütterlich-irdischen Jünglings … das Wort hier ist ohne Bedeutung. Nur Klang. Kunstvolle Akustik, reine Akustik, akustisch und optisch in eins … Akustik fürs Auge … reine Kunst, groß inszeniert … oder Kitsch. Von mir aus. Fleisch gewordene Schlagsahne aus Gips: tortenweiß, tortenweis. Die Auferstehung des Fleisches – als Schlagsahne – in Gips, geiler Gips! Dir zum Fest!

Und du sähest es nicht? Red' ich dir fremd? Ahnst du's denn nicht? Verstockt, verfinstert, betäubt, von prophetischem Worte zerschmettert – und so wäre gar nichts zu sehen, zu sagen? deinem verschreckten Begleiter zu offenbaren womöglich …

In einem bayrischen Biergarten – warum eigentlich nicht? –, vor Augen die luftige Bußkirche auf waldiger Anhöhe ... Was ist schon ein Mondrian gegen dies Fest! schleudere es ihm entgegen, als wär's ein Bierkelch: langweilig, schlicht langweilig. Mach mir die Mondrian-Phase nicht durch, Kind, ich warne dich! dies zwanghafte, wahnhafte Mikadospiel! Bild gewordene Zwangsneurose. Reduktion. Abstraktion. Kastration. Leere. Nein! Bekenne dich, in einem bayrischen Biergarten, warum nicht, Oase zwischen den Kirchen, zu den ziselierten Kathedralen in der Wüste, ich meine gegen die Wüste, gegen die einfache, strenge Form. Zum Fleisch in der Kunst bekenne dich: zum sinnlichen Schnörkel, zum überflüssigen Detail, zum Gips, diesem Überfluß, zur großen Bewegung, die erfüllt ist von kleinen Bewegungen, zum Wirbel, zum Schwulst, zum Schrägen und Schiefen, wo's rutscht, kippt, bis dir schwindelt ... ich meine ...

Bekenne dich, im Biergarten, gegen das Zerschmetterungsgerät! Zum Gips bekenne dich ... sage ...

Ja, warum kannst du's nicht sagen? wenn ich's kann? Siehst's nicht? wenn ich's sehe? Empfindest nur Unlust, wenn ich's lustig finde ... Empfindest nicht, was ich empfinde ... So sage ...

Das Heilige, sage von mir aus – ich sag' es dir vor, flüstere's dir ein, ich bin unter dem Biertisch, diesem Souffleurkasten, unsichtbar –, ist nichts als der Schatten des Wirklichen! Bekenne dich zu dem heiligen Schatten – winsle ich – geworfen vom Wirklichen, von dem Rebblatt im Früchtekorb beispielsweise als Schatten des christlichen Fisches aufs Tischtuch geworfen, souffliere ich aus dem Kasten – schier hechelnd! – und gegen die enzyklopädische Zerschmetterung. Es ist alles Eins! Es ist alles Eins! – kläffe ich – in die Welt geworfen von dem Einen und Wirklichen. Das willst du doch sagen! möchtest es gern! So bekenne dich! Zu dem Allumfassenden bekenne dich, belle ich, und gegen die Disziplinen. Gegen das gesonderte Wissen, das Fachwissen, das Schulwissen – knurre ich! – gegen die Schulmedizin rede, rede den entfesselten Säuglingen das Wort! und provoziere deinen Begleiter. Schick ihn in die Schneewüste auf lahmendem Roß! Was wißt ihr schon von der Seele des Fleischs! Fachidioten, wird man euch schimpfen. Erkenne die Morgenröte – in bayrischem Biergarten – und sag was! – irgendwas – als flammender Jüngling. Sei Jugend der Menschheit, denn siehe, ich mache alles neu. Es ist dein Recht. Halte eine Brandrede gegen die Kälte der Wissenschaft, die Kälte der Technik, die Kälte der Kunst – und für das Gefühl! – Gefühl ist alles! – fauche ich, hauche ich – bis dir warm wird von der Erhitzung. Sage: Inbrunst, süße In-Brunst – hauche ich dir ans Bein! – ist der Sinn dieser Inszenierung in Gips – optisch akustisch – zum sphärischen Brausen der Prunkorgel: bis es die Putten verbläst, bis dir die Babys von der Babywaage flattern! Sage: Kitsch ist mir lieber als Kunst! Wo der Kitsch fehlt, ist die Kunst kalt! – keuche ich – steril! – hechle ich – klinisch! – hauche ich – bekenne dich zum Kitsch, zum geflügelten Kitsch, zu diesem goldigen Geflügel im schwindelnden Blau – und gegen Picassos kubistische Frauen. Frauen, sage ich? Männer? Ist doch alles eins – Yang und Yin – raune ich – hörst du mich? Ahnst du mich?

Muß ich deutlicher werden? Die Erde, sieh doch!, ein lächelnder Jüngling. Und die Babys lassen sich nicht mehr bestimmen. Und die Buße – für nichts! – nichts als Lust. Und der Augenblick der Lust ist verewigt, die Zeit aufgehoben, die Schwerkraft außer Kraft gesetzt – und es ist nicht der Tod! Nein, das Ewige ist es im Leben, der Schatten des Wirklichen, der Fels in dem Strom, das Sirren Unsichtbarer, das Schlafen im Flug – schnelle Fahrt! – durch den täuschenden Raum – dieses Blau, an den Himmel gemalt, ist die Wirklichkeit: und es ist kein Sprung in der Welt, diesem Gips! Die Welt ist der Sprung; der Sprung ist der Augenblick; der Augenblick ewig –

Bewahrt in luftiger Bußkirche auf waldiger Anhöhe.

Und so wäre ein Gespräch zwischen dir und deinem scheuen, verschreckten Begleiter? Er müßte doch antworten, redetest du. Was würde er sagen? – in bayrischem Biergarten – warum nicht? –, bei

Weißwürsten und süßem Senf; und es schmeckte dir; und du dürftest es zugeben; es muß ja nicht immer französische Küche sein, mit Michelin-Stern womöglich. Und es gefiele dir, so zu reden, zwischen diesen Mannsbildern in Lederhosen und Frauen im Dirndl. Quasi Buam und Madeln. Üppigen Madeln. Prallen Burschen. Und du fändest sogar diese Lederhosen irgendwie … schrill? geil? scharf? Welches Wort wählst du? Ja, kenntest du wenigstens *ein* Wort dafür! … lässig? Wenigstens dies? Wagtest du's über die Lippe zu bringen? die hervorragende? Wenigstens für die Lederhose? Steckte wenigstens ein lässiger Bauernbursche darin … und du vermöchtest's zu sagen? Das ist doch wie der Gips in der Wies! Und es wäre zum Lachen am Ende? Und so wäre am Ende eine gemeinsame Heiterkeit in dem Biergarten, dem bayrischen, auf luftiger Anhöhe, angesteckt von der bayrischen Heiterkeit, dieser bajuwarischen Ganzheitlichkeit, dem bayrisch barocken Rokoko …

Ach. Nur stumm gegeneinander. Bei bayrischem Bier. Hochberühmt. Wir haben's getrunken. Ich zeige Ermüdungserscheinungen, nichts anderes wird dein Begleiter gesagt haben. Bei anbrechendem Sommerabend. Und kein Hund unterm Tisch. Nicht einmal ein obszön hechelnder, lächelnder Zwergpudel.

Du kannst's noch nicht sagen – so wie du da stehst – und ich kann es nicht mehr. Von Ganzheitlichkeit allenfalls noch zu reden, müssen wir Mama überlassen, wenn sie von ihrer Sterbebegleitung nach Haus kommt, und dann mußt du, Bub, sofort zurück in den Schrank; zum Fernglas, zum Büromaterial, zur eingemotteten Kleidung, unter die übrigen Alben. Tief unter die Alben! Nichts dazu sagen! Nichts sagen!

Barock ist dir fremd, ich seh's doch. Kein in der Pubertät üppig aufblühendes Kind ... wie wir's gern hätten, körperlich ausufernd bis zur Formlosigkeit, mit quellenden Brüsten, prallen Backen, fließendem Haar, so daß die Grenzen verschwämmen ... keine üppige, womöglich goldlockige Barockputte, nicht einmal ein flammender Jüngling, mädchenhaft, mit nährenden Nipples –

Ein kleiner Mann. Es ist nicht zu übersehen. Schmalbrüstig. Spröd. Spröde Sinnlichkeit ... wie später Caravaggio. Aber den kennst du ja auch nicht. Keine Ahnung vom Schatten des Rebblattes als Fisch. Nie von Caravaggio gehört. Unkundiges Kind! Die andere kunsthistorische Linie, mußt du wissen: nicht Annibale Carracci, der mit seinen barockblauen Weihnachtsengeln zur Wies führt, ins Rokoko, nein, Caravaggio, der zu Rembrandt hinführt; weit über Rembrandt hinaus direkt in den Expressionismus; ja, den Expressionismus vorwegnimmt – dünner Farbauftrag, breiter Pinselstrich, rasch entworfener Umriß – flüchtige, brüchige Knaben im Nachtraum – schnelle Fahrt! Später Caravaggio, sage ich, früher Barock, doch was rede ich dir von Barock, Knabe! später! verdammt! immer zu spät!

Starr wie ein Bild. Spröd wie der letzte Johannes. Wortkarg wie der Vater. Und der zeigte … Ermüdungserscheinungen? Und da wäre … kein Hund unterm Tisch?

Es geht nicht um Kunst. Dir nicht. Nur um die Wahrheit. Die seelische quasi. Die moralische womöglich. Die Wahrheit des Fleisches, du ahnst's doch! – ich sag's dir nachträglich voraus! – und es ist kein Gips. Von Schwindel keine Spur. Was soll uns der Hund … unterm Bett? Du kannst ja nicht schlafen, so früh schon, bei geschlossenen Fensterläden, in einem ländlichen Gasthof, über der Heiterkeit eines bayrischen Biergartens womöglich, denn es ist Sommer! Hochsommer! Und dein Begleiter? Könnte es auch nicht. Doch er zeigt Ermüdungserscheinungen. Denn er geht früh schlafen. Kurz nach dem Abendessen. Nach einem letzten Bier, mit dem er das Valium 10 und das Rohypnol herunterspült – beides zusammen –, wie immer kurz nach dem Abendessen, wenn er Ermüdungserscheinungen zeigt, und er zeigt immer kurz nach dem Abendessen Ermüdungserscheinungen, damit er einschlafen kann, wenn er doch Ermüdungserscheinungen zeigt! – so früh schon – und sofort. Reglos. Bewußtlos. Narkotisiert. Von der chemischen Keule erschlagen. Als wär' er nicht mehr. Nicht mehr dein

Vater, neben dir im gleichen Bett, und du kannst nicht schlafen. Altmodisches Doppelbett mutmaßlich, beinah ein Ehebett. Zum ersten Mal mit irgendwem! Hellwach. Auf dem Rücken liegend, die Augen geschlossen, als müßtest du dich totstellen, um den Scheintoten neben dir nicht zu wecken. Scheintot, sage ich? Der schnarcht mutmaßlich. Träumt mutmaßlich nicht … doch wie sollen wir's wissen? Ob man unter der chemischen Keule träumt? von unwägbaren Säuglingen? fliegenden Babys? bröckelndem Stuck? von – Schlagsahne? Aber er schnarcht. Da neben dir. Ob er sich bewegt, in unruhigem chemischem Schlaf? Ein künstlicher Schlaf. Ob er überhaupt schläft? Hältst du den Atem an, wenn plötzlich Stille eintritt, das Atemgeräusch aussetzt, er sich plötzlich regt, so daß du die Bewegung spürst, auf der gemeinsamen Matratze … Und es wäre gar nicht dein Vater … ein Mann! … und du weißt es. Da weißt du's. Ich sag's dir voraus. Ein präziser Gedanke, der aufblitzt in deinem verstockten Herzen, dem verfinsterten Innern, unter geschlossenen Lidern, im Halbdunkel – mit angehaltenem Atem: Du liegst mit einem Mann im Bett, Bub … und es wird nicht das letzte Mal sein … und du ahnst es. Soviel ahnst du. Ein Schrecken, wenn ich dir jetzt voraussage, daß du's in jenem ländlichen bayrischen Gasthof, neben dem Schlafenden – mutmaßlich Schnarchenden, womöglich nicht einmal Träumenden – ahnst? Soviel kann ich dir voraussagen, mit Sicherheit: und es ist mir zu wenig. Nicht einmal ein Schrecken … eine Erkenntnis? kalte Einsicht? nur ein Gedanke … ein Augenblick der Befangenheit, ganz allein für dich, den du in den Schlaf mitnähmst und mit Scham? ohne Lächeln?

Öffne die Augen! Richte dich auf! Schau ihn dir an! Er erwacht dir doch nicht, von der Keule erschlagen! – im dämmrigen Dunkel, hinter geschlossenen Läden – nichts als ein Mann. Unkenntlich. Das Gesicht verschwimmt dir im Dämmer. Beuge dich über ihn! Ahne die Wärme von der größeren Nähe des Körpers, des fremden. Berühre ihn an der nackten, behaarten Brust – wagst du's? – leicht, zaghaft – er erwacht nicht! von der Keule erschlagen! Flüchte mir nicht, Bub, hinter geschlossene Lider! nicht zum Fenster hinaus, jetzt, in den diesigen Himmel! nicht zurück in den Schrank, tief unter die Alben! Berühre mit deiner kleinen Hand wie im Schlaf die haarige Brust des Schlafenden neben dir – er erwacht nicht! er träumt nicht! er hörte womöglich sogar auf zu schnarchen –, und es wäre nicht mehr dein Vater. Der narkotisierte Arzt. Sondern … ich? Ich wäre es … zehn Jahre jünger als er damals, aber ihm ähnlich, im Halbdunkel, ähnlicher als du ihm und ich dir … Und ich erwachte sofort aus der Betäubung, und ich würde sofort, in dem stickigen Zimmer, in dem bayrischen Gasthof, in dem altmodischen, weichen Bett, als hätte ich nur darauf gewartet … So schleiche ich mich jetzt in das verdunkelte Zimmer, auf leisen Pfoten, über knirschende Dielen, unter das altmodische Bett … und ich würde nicht winseln. Nicht greinen, nicht schnurren, nicht knurren. Ich schwölle. Und quölle als wolkiger, chemischer Dunst unter dem Bett hervor, über den bewußtlosen, schier leblosen Leib meines benebelnder Vaters hin, auf seinen Leib senkte ich mich, in seinen Körper zurück tröpfelte ich, als benebelnder Dampf … als verwirrlicher Traum schliche ich mich in seinen chemischen Schlaf … zu dem noch nicht fünfzehnjährigen Knaben ins Bett, der ja nicht mein Sohn wäre und nicht schliefe, nein, von Schlaf keine Spur … aus dem Schlaf meines benebelten Vaters quölle ich … aus seinem Schlaf führe ich hoch! aus seinem bewußtlosen Leib schösse ich, quellend und schwellend, und würde dich in der warmen, dämmrigen Dunkelheit, dieser Benebelung, dieser Verwirrung der Chemie …

Nur berühren? Undenkbar! Du erschräkst mir zu Tode …

Ach. Es wäre ein Abschied gewesen, im Rückblick – der Gedanke an eine präzise Berührung, hinter geschlossenen Lidern –, vom Vater als Vater, vom Vater als Arzt, vom Arzt als Vater. Nur ein Mann bei dir, Knabe, und es ist keine Krankheit. Und du berührtest ihn, und es wäre nicht mehr dein Vater, und er berührte dich, und du wärest kein krankes Kind. Und so wäre keine Rede von

Diagnosen und familiärer Bestimmung ... keine Rede mehr! Legtest du dem Schlafenden da neben dir einfach den Kopf auf die Brust. Und kein Wort wäre am Anfang gewesen.

So hättest du Abschied genommen. Im Innern. Und wüßtest's noch nicht.

Apokalyptisch? Prophetisch? Finster? Die Wahrheit? Nur Gips?!

Ein Lächeln, im Rückblick, nach vollzogenem Abschied, bei dem Gedanken ... Und so müßte es jetzt eigentlich kein Kloster sein, nur ... ein Museum? Dein Museum des Abschieds wäre, zur Puppenstube verkleinert, zum Schaukasten, jene bayrische Stube; ausgestellt in der Stube, dem Schaukasten deiner verabschiedeten Kindheit, Weihnachtsengelchen, barockblau; gipserne Säuglinge, golden geflügelt; Bierdeckel; mumifizierte Weißwürste; die vergoldete Bußgeißel; die Lederhose, gleich zweimal, von vorne, von hinten ... eine alte Spritze vielleicht, noch nicht wegwerfbar!, ein Stethoskop sicher, Erinnerung an jenes vergangene Gefühl auf dem bloßen Rücken, in Krankheit gebeugt vor dem Vater; und natürlich dürfte in deinem imaginären Museum des Abschieds, diesem nostalgischen Schaukasten der Kindheit, ein Modell des schier barockblauen Studebakers nicht fehlen, ein Dinky Toy, an der Spielzeugbörse ersteigert zu horrendem Preis, und an prominenter Stelle plaziert! im Vordergrund. In der Mitte. Denn ohne Papas Auto läuft gar nichts. Im Vorhof des Klosters gestrandet. Auf Grund gelaufen, der Kahn –

Du kennst doch Papas Sorge ums Auto. Barockblau, mit Haifischflossen. Voraussetzung jeden Fortkommens. Nur wieder fortkommen! – aus jenem von uralten Bäumen beschatteten Vorhof der Benediktinerabtei – und schon kniet er, ächzend auf die Knie gegangen, vor dem geplatzten Reifen: und ist nur noch in Sorge ums Fortkommen. Keine Spur von Nostalgie! Da wird Panik ausgebrochen sein, sage ich dir, wortkarge Panik ums Fortkommen. Und du wirst, als wärst du vergessen, danebenstehen, in dem stillen, leeren, von uralten Bäumen beschatteten Vorhof – und es wäre im Rückblick ein Lächeln; denn von Abschied müßte nun die Rede nicht sein. Was reden wir auch beständig von Abschied! Der Abschied wäre nichts als die Sorge ums Praktische dieses Abschiednehmens, um die Praxis des Abschieds quasi, die Praktik des Scheidens, nachdem die Diagnose: Plattfuß vorn links, gestellt sein würde, eine gefährliche Stelle, ein quasi neuralgischer Punkt, und er schon beschäftigt wäre mit den Praktiken des Radwechsels, eine Panik des Radwechselns und eine Panik des Abschiednehmens: denn schon träte aus der Pforte des Klostergebäudes, auf den schattigen Vorhof, in wallendem Habit, Vater Abt, um den Ankömmling zu begrüßen, und dein leiblicher Vater läg' auf den Knien! – und kniet er einmal, du weißt's doch, so ist an raschem

Aufkommen zu zweifeln; an ein Aufstehen, innert höflicher Frist, gar nicht zu denken, ein altes Knieleiden, ein Meniskus, beim Militär erworbener Schaden, und so kniet er – dein leiblicher Vater, Arzt, Hauptmann a. D. der Schweizer Armee, Golfspieler und Autofahrer, urplötzlich vor Vater Abt, einem leibhaftigen Abt, und betrachtet seine für Begrüßung und Abschied untauglich gewordenen Hände: so schwarz vom begonnenen, aber noch unvollendeten Werk wie der Priesterrock vor seinen Augen. Als hätte der Vorhof schon abgefärbt auf seine Hände – Arzthände, erfaßt von der Finsternis, diesem Schmutz, als wäre es Ruß – und dieser schattige Vorhof schon beinahe die Hölle –, und er, der würdige Sohn seiner Vaterstadt – humanistisch, wir wissen's –, in die Knie gezwungen von einem geistlichen Vater; und dein geistlicher Vater faßte dich, Knabe, noch keine fünfzehn!, freundlich um die magere Schulter und entführte dich lächelnd vor den Augen des dergestalt Knienden über den kopfsteingepflasterten Vorhof zu der Pforte der anderen Welt. In die geistliche Welt entführte er dich, in schwarz wallendem Habit, und ließe den Knienden einfach knien neben seinem gestrandeten Kahn – haifischförmig, barockblau – bis der Schatten, diese Finsternis, euch verschluckt. Und es wäre für immer die Finsternis? Es wird eine Flucht sein, sage ich dir. Mit panisch gewechseltem Rad und mit schier zweihundert Sachen, als wär's ein abgehobenes Dinky Toy mit Barockflügelchen, Haifischflossen, stromlinienförmig, ohne Rast über die Autobahn aus der Finsternis Niederbayerns geradewegs auf den heimischen Golfplatz, frankophon, im Elsaß gelegen.

Die Finsternis?

Du stellst es dir falsch vor, Kind, eine kleine Enttäuschung. Keine düstere Zelle, im Flackern von Kerzen, kein grobes Gemäuer, kein Sarg. Kein Lager von Stroh. Nicht einmal eine Pritsche. Ein helles, modernes Zimmer – nichts als ein Zimmer – Neubau der frühen sechziger Jahre, ein Gästehaus für oekumenische Tagungsbedürfnisse; ein wenig wie Klinik, wie Rehabilitationszentrum, beinahe gewerkschaftlich christlich-sozial. Einfach und praktisch. Karg, aber nicht streng. Als einziger Wandschmuck über dem gewöhnlichen Bett – nichts als ein Bett – ein schlichtes, ein hölzernes Kreuz ohne Heiland. Nichts sonst, was dir sagt, wo du bist. Ein großes Fenster auf Landschaft – Flußlandschaft mutmaßlich, von üppigen Bäumen verdeckt, irgendwo versteckt sich die Donau. Keine Rede von Einschließung! Keine Rede von eifersüchtig verteidigter Rechtgläubigkeit. Keine Gehirnwäsche, kein Seelenfang. Die Kirche hat soeben die Moderne entdeckt, vergleichsweise spät. Eine Kirche, die sich zu öffnen beginnt, unter einem theologisch schier ketzerischen Papst, für das christliche Miteinander, diese Oekumene – interessiert dich die denn? das Miteinander? in Christo?

Eine Enttäuschung?

Und so hättest du, Kind, doch tatsächlich von den Trappisten geträumt – so wie du da stehst, aufgeschreckt aus dem Traum, wortkarg, wie du bist: von der Kargheit geträumt, von dem Schweigegebot, dem Redeverbot, dem Schlafen im Sarg, der Kasteiung, dem Fasten. Ja, von Selbstgeißelung gar? Mit der eigenhändig aus Hanfseil geknüpften, schmucklosen Bußgeißel, auf den Knien vor dem grob gezimmerten Kreuz – ohne Heiland –, und das einzige Miteinander (in Christo, von mir aus) wäre, daß manchmal ein geistlicher Bruder (in Christo, von mir aus) stumm die Bußgeißel dir führe, gegen deinen mageren Rücken, den demütig entblößten, unter dem Zeichen des Kreuzes, des hölzernen, ohne Heiland, als christlicher Liebesdienst – und es wäre der einzige Liebesdienst? die einzige menschliche Begleitung? permanente Sterbebegleitung im Grund? Der Traum von im Leben vorweggenommenem Tod, und der Tod verlöre den Stachel, von Abtötung des Stachels im Fleisch, Abtötung des Fleisches, des süßen, des täuschenden, gipsernen, bröckelnden – Abtötung des Leibes? Der Traum von Reinheit, vom Absoluten, von absoluter Strenge gegen dich selbst, von strengen Ritualen und Riten, von Zwängen und Zwang – von Wahrheit – von Heiligkeit schier? Mit noch nicht fünfzehn? beinah rabiat – in deinem schier kahlgeschorenen Kopf: denn du wirst, Kind, deinen Kopf vor der Reise ins Kloster fast kahlscheren, eigenhändig mit der Tondeuse – und es wäre ein Wahn? Der heilige Wahn, du – das Heilige Kind? Nur mit dem Heiligen verkehren – dem Schatten des Wirklichen – selber nur Schatten noch – Gottes Kind nur! – und keine Rede von familiärer Bestimmung? Keine Rede mehr. Abheben –

Als geflügeltes Dinky Toy? stromlinienförmig? in den barockblauen Himmel? Und es wäre keine Lust – dich herunterzuholen? mit vergoldetem Fangnetz, in den irdischen Kahn …

Komm!

Nein?

Keine Angst! Das heilige Kleid wirst du tragen; die Mönchskutte mit der Kapuze, und sie wird dir zu lang sein. Ein wenig zu weit. Denn ein so kleines mönchisches Kind gab's hier noch nie. Und so wirst du in dem schwarzen Stoff beinahe verschwinden – als wolltest du dies. Eingehüllt in den besonderen Stoff. Den geweihten Stoff. Und es wäre am Ende eine ganz besondere Extravaganz … Travestie schier … dienend verschwinden … servir et disparaître in einem … als größte Auszeichnung? Ein Versteckspiel, damit SEIN Zerschmetterungsgerät dich nicht fände? Wie im Bauche des Wals, um nicht predigen zu müssen, mit eigener Stimme, nur beten, mit den Stimmen der andern, unhörbar als Einzelner? Als

Einzelner ausgelöscht in deiner Besonderheit zumindest in dem Augenblick, da du in der Gemeinschaft der anderen Unkenntlichen durch die nun tatsächlich düsteren Gewölbegänge der uralten Abtei, ein Kerzenlicht in der Hand, wie die andern, zur Frühmesse, zur Vesper, zur Abendandacht in die Kirche huschst – kein Barock, viel älter! –, Stoffmännchen unter Stoffmännern – heiliger Kapuzenzwerg, du!, im Rascheln, im hastigen Schlurfen, im flackernden Knistern der Kerzen, diesem beißenden Ruch heiliger Handlung, in der Schattenflucht an dem uralten Gemäuer, gleich unter Gleichen: nur kleiner. Kein menschlicher Laut mehr. Kein Wort. Kein unheiliges Flüstern, kein heimliches Reden – alle Reden gelöscht! – alle Besonderheit: nichts! – vor dem einen Unsichtbaren, Unhörbaren, Gestaltlosen.

Wie stellst du dir eigentlich DEN vor? DER den Himmel über dir aufreißt, so daß es gießt und die Schrift dir verdirbt? Gar nicht? Als wär's dir verboten? Streng verboten! Und er nähme urplötzlich Gestalt an? So daß dir Augen und Mund aufgingen? Und du ihn erkenntest?

Weiß nicht mehr, wie der aussah; nicht mehr genau genug. Engel, mußt du wissen, wenn sie schon Legion sind – wie die Viren der Legionella, die sich in jeder beliebigen Klimaanlage vermehren –, verblassen. Und du weißt's noch nicht. Weißt nicht, so wie du da stehst, WER es sein würde … ein Engel, das sagt sich so leicht ... warum denn ein Engel ... ja, WAS dann? Das Nirwana? Ein Gott gar? Und es sagte sich schwerer? Kein Name, kein Zuname, kein Gesicht, keine Körpergestalt. Und ich weiß nur noch die Haarfarbe. Das Alter. Die Berufung.

Theologiestudent; Protestant; blond; einundzwanzig; der Drittjüngste. Der Zweitjüngste nämlich, ein achtzehnjähriger Gymnasiast, wird dir zu *straight* sein – ich sag's dir voraus! –, als kenntest du schon das Wort, das es in dieser Bedeutung noch nicht gibt. Drahtig und strikt. Einer, der Aussagen macht. Zum Beispiel: er habe noch jedesmal seine Freundin, nach dem Sonntagsspaziergang, wieder in dem Zustande nach Haus zu den Eltern gebracht, in dem er sie übernommen – während er aufrecht in dem dämmrigen oekumenischen Tagungs- oder Aufenthaltsraum steht, einem tristen, modernen Raum; in vergessenem Gesprächszusammenhang sagt er's – warum denn die Aussage? –, und du begreifst sofort. Und vergißt den Zweitjüngsten sofort. Unsympathisch im Grund. Auch wenn's der Zweitjüngste ist, groß, schlank, strikt. Denn daß es auch ein Unsympathischer sein könnte – ein besonderer Reiz! –, fällt dir nicht ein, noch nicht. Nein. Das ist nicht die heilige Strenge, von der du womöglich träumst, diese strikte Heiligkeit, nur vorweggenommene familiäre Bestimmung. Katholische Moral. Bürgerliche Konvention. Unsympathisch im Grund. Und so wird dir von dem Zweitjüngsten nur dieser eine Satz in Erinnerung bleiben – ein Satz über Jungfräulichkeit – und die Gestalt, in dem tristen Raum – eine unsympathische Gestalt –, und kein Wort von dem Drittjüngsten! Überhaupt kaum Erinnerung mehr an Worte. Als wären dir gesprochene Worte nicht erinnerbar; oder als wären keine erinnerbaren Worte gesprochen worden. Und so wären wir gleich weit? Du weißt noch nicht, ich weiß nicht mehr, und so bliebe nur … jenes Lachen? Letzten Endes bliebe nur jenes Lachen … doch, das Lachen ist Fakt. Ein Faktum – oder Ereignis –, das nur durch Erinnerung beglaubigt sein kann. Ein «fait divers» könnte man's nennen.

Urplötzlich. In dem tristen oekumenischen Raum. In gar keinem Zusammenhang. Nicht im Refektorium, so daß es ein Verschlucken am Essen hätte gewesen sein können – denn es klang zunächst wie ein Verschlucken, ein Versuch, es zu verschlucken –, nein, in jenem gemeinschaftlichen Tagungs- oder Aufenthaltsraum ein Lachen urplötzlich. Und das schüttelt den Lachenden, einen hageren Alten, daß ihm der Anzug am lachenden Leib schlottert – und so schlottert er vor Lachen, in einem klassischen Lachkrampf, der am Ende in einem Hustenanfall erstickt. Keine einzige Äußerung sonst von dem Alten die ganze Zeit. Kein Wort. Ein stummer Vereinzelter, hager und alt, in einem schäbigen Anzug; fällt nur auf, weil er urplötzlich lacht; nur lacht, seine einzige erkennbare Regung gegenüber den andern. Das heilige Lachen angesichts der Offenbarung? Eine Erleuchtung? Ein Meister? Ein Heiliger gar? Kannst du dir's nicht denken? Kommt aus der Klinik, flüstert Vater Abt, zur Erklärung des Lachens, den von dem Lachen Verwunderten, von dem Lachen Verwundeten – denn es ist, als gälte es jedem und allem –, keine andere Ausfälligkeit zu befürchten; keine weitere Anfälligkeit; unauffälliger Mensch, der nicht stört, es sei denn, er lacht. Lebt in der Anstalt, einer mildtätigen, katholischen mutmaßlich, seit Jahren – und muß am Ende der Exerzitien auch wieder wohlbehalten dorthin zurück.

Ja, was machen wir jetzt damit?

Ein Wahnsinniger, der urplötzlich lacht, nichts als lacht; beständig die Angst, er fange zu lachen an, höre nicht auf, ersticke daran, denn es ist offensichtlich ein Schmerz, kein heimlich heiterer Grund; und jener Satz über Jungfräulichkeit; und kein Wort von dem Drittjüngsten: kein Name, kein Gesicht, keine Gestalt.

Kein Zeichen von dem? dir? von dir ihm?

Warum der – fragst du, so wie du da stehst?

Weil der Zweitjüngste, mit seiner Jungfräulichkeit (von der unsympathischen Gestalt), ausfällt, es ist ganz einfach. Und oft, mußt du wissen, sind es die Blonden; die Hellblonden, Strohblonden, Silberblonden, Goldblonden, Rostblonden, Stroh, Gold und Silber im dunkleren Blond womöglich gemischt. Dieses Legionella-Syndrom; als käm's aus der Klimaanlage in jedes beliebige Hotelzimmer; ein Hotelzimmer-Syndrom; ein Hotelhallen-Syndrom; ein Hotel-Syndrom ganz allgemein; ein Frühstückskellner-Syndrom zum Beispiel. Ein Syndrom eben. Ein Haarschopf, blond, über der weißen Leerstelle eines Gesichts, ein mutmaßlich weiches, noch sehr unfertiges Gesicht – einundzwanzig! mein Gott! wie unfertig! –, eine blonde Locke über der Stirn, blaue Augen, die dir leuchten – denn schwarzäugige Strohblonde sind selten, fatal selten, und vom Fatalen kann hier noch die Rede nicht sein – nein – Blonde, Weiche, Unfertige scheinen blauleuchtend doch immer zu lächeln: womöglich dir! Und diese Wortlosigkeit – stille Präsenz im Fall eines Frühstückskellners zum Beispiel – läßt dieses Womögliche offen. Da stellst du dir alles Mögliche vor! – mit sprachlosem Gespür –, während du beispielsweise dein Frühstücksei aufschlägst und löffelst: ein Salmonella-Syndrom? Nein! das vergißt du glatt! – über dein Frühstücksei hinweg nach dem leuchtenden Blauäugigen äugend –, zum Beispiel Einzelheiten der Haut. Nahrhafte Nipples oder spitzige Wärzchen – reißnagelspitz, wenn es spritzt? Mit geschlossenen Augen, dünnen, blutleeren Lippen? Oder offenen Mundes? So blauäugig lächelnd? Keil oder Kolben? Haar auf der Brust? Stoppelig? Womöglich rasiert? Ein goldenes Vlies über Schenkel und Backen? Oder wie Marmor? Wie Bronze im Sommer? Gefärbt?! Gebleicht? Wasserstoffsuperoxyd? Lupenrein? Schwul oder bisexuell? Heterosexuell? Asexuell? Aktiv oder passiv? Gefickt? Oder gelutscht – dieses Geluschtige! – es nähme mich manchmal doch sehr wunder, ein Eilöffeln lang mit dem Blauäugigen liebäugelnd …

Dich nicht? Haust du mir ab? Ins Gegenlicht gleich, zu den unsichtbaren Seglern? Glaubst du mir nicht? Traust du mir nicht? Mach' ich dir dein Begehren zur Schnecke, zur kleinen, geschrumpften – weil's mir wächst …

Bleib! Du entkommst nicht!

Denn du wirst – das ist Fakt! – am letzten Tag deiner im vornherein auf drei Wochen befristeten Exerzitien – als dürftest du die Schule nicht schwänzen! nicht vorzeitig abgehn! nicht wegbleiben und hierbleiben! –, der Student, dieser drittjüngste, sagen wir goldblonde, wird schon abgereist sein, wegen einer vorzeitigen Verpflichtung, die ihn rief, als dürfe er nicht hierbleiben, deinetwegen bleiben, bei dir bleiben! – nein, gleich nach der Frühmesse wird er abgereist sein, und du wirst es natürlich wissen – da endlich wirst du all deinen Mut zusammengenommen haben. Am letzten Tag erst. Und mit rasendem Herzen. Als hätte man dir das Atmen verboten! Du weißt doch, wo der schlief! Und – er hätte den Zug versäumt? Du hättest dich in der Abreisezeit geirrt? Einfach in der Tür geirrt, du?!

Und es wäre womöglich gar nicht der letzte Tag gewesen …

Es soll nicht der letzte Tag gewesen sein! Verdammt!

Du weißt doch, wir suchten vorhin den rechten Ort für dich, den richtigen Zeitpunkt, auf daß es geschähe; ja, was denn; und wir sind übereingekommen – wir sind uns doch einig: du willst! –, daß es hier sein muß; an dem heiligen Ort, dem besonderen Ort, dem abgesonderten Ort, weltfern, unfamiliär, im Kloster – kein Hotel! –, und bald, jetzt. Denn es muß sein. Ich seh's doch. Es bleibt nur das Kloster, und es ist keine Zeit zu verlieren. Und da wird einer sein, dessen Augen dir unverhofft lächeln – barockblau mögen sie sein, denn das dunkle Glimmen von glühenden Kohlen würde dich womöglich schrecken –, dessen Haarschopf über der Stirn, mag er strohblond sein, denn auch schwarzhaarige Blauäugige sind selten, fatal wie alles Seltene, und l'homme fatal ist nichts fürs erste Mal, irgendwie leuchtet, dessen Gesicht eine Leerstelle ist, bar aller Kennzeichen, mutmaßlich blaß, weiß, weich, unfertig: unbestimmt lächelnd, und du würdest die Leerstelle nicht ausfüllen, mit der Erinnerung an ein Ereignis in dem Gesicht? damit's ein Gesicht wäre? beschreibbar aus der Erinnerung? ein Gesicht in deinem Gedächtnis, im Augenblick des Ereignisses? Wird denn da kein Ereignis sein? Nichts?

Nur Leere, heilige Leere, heillose Leere? Verdammt leer?

Ein leeres Zimmer, ein aufgeschlagenes Bett, im dämmrigen Frühlicht vom Fenster. Und du schließt die Tür hinter dir zu, mit rasendem Herzen, verhaltenem Atem, als wär's dir verboten. Und du fällst in deinem Mönchsgewand, der heiligen Kutte, verdammt!, auf die Knie vor dem aufgeschlagenen Bett und drückst dein Gesicht in die Laken. Und die wären nicht einmal zerwühlt? Nur ein paar Falten. Und du schnupperst, mit stockendem Herzen, rasendem Atem, nach einem Geruch, einem Duft, einer Wärme – und die ist verhaucht; schon ausgelüftet der Geruch. Und du suchst, in den Falten, mit fahrigen Fingern, ein verlorenes Haar, daß es dir bliebe, blond, mutmaßlich kurz, kraus, drahtig – Siehst du! Es wundert dich doch, diese verborgenen Einzelheiten! Und es wäre vergeblich? Nicht einmal ein Haar wäre übrig gewesen? Und du würdest nicht weinen? Und es wäre – Fakt?

Und es bliebe dir nur, als Begleiter am Ende, ein kurzes Wegstück, bis zur nächsten größeren Bahnstation – mutmaßlich München –, jener von der Plage des grundlosen Lachens Geschlagene, dir, Kind, noch immer ein Kind!, vertrauensvoll in Obhut gegeben von deinem geistlichen Vater auf Zeit, damit der Geschlagene ordentlich umsteige und nicht verlorengehe, zwischen den Zügen, auf dem Bahnsteig, urplötzlich nur noch mit Lachen beschäftigt – unauffällig dir gegenüber im Abteil des Eisenbahnwagens, still, stumm, nur die Angst beständig, er würde von einem Anfall gepackt: und es geschähe nicht? nicht einmal dies? nicht einmal ein Lachen am Ende?

Nein! es sei nicht wahr! Es sei nicht der letzte Tag! Es sei nicht im Frühlicht! Nicht im Grauen des Morgens! Und kein Gebot wäre gebrochen ... Nein, du brauchtest im Grund nicht einmal das Schweigegebot zu brechen ... Und es wäre die richtige Stunde! Die Stunde des frühen Nachmittags, die Stunde der geistlichen Einkehr eines jeden bei sich, die Stunde der verordneten Stille, da keiner mit keinem reden darf; jeder auf seiner Zelle, diesem gewöhnlichen Zimmer. Und du nähmst deinen Mut zusammen – Mut? es wäre wie Schlafwandel! –, und du würdest nicht anklopfen, kein Geräusch und kein Wort, mit fliegendem Herzen, verbotenem Atem. Und so stündest du an der Tür – rasch und schier lautlos hinter dir wieder geschlossen – so wie du da stehst. Mit offenen Augen, hängender Lippe, halboffenem Mund, das Schlüsselbein achtlos entblößt, das Haar rechtsseitig gesträubt: denn du hättest gelegen, mittäglich zu ruhen versucht, ordnungsgemäß wie als Kind, schlaflos geträumt in der Wärme ... solche Besuche können nur urplötzlich geschehn, im Wachtraum des Mittagsschlafs noch –

Und der derart Besuchte höbe den Kopf? Überrascht, denn auch er hätte gelegen – wir wollen es so! –, gelesen in der Heiligen Schrift, nackt unterm Laken, das seinen Leib halbwegs bedeckt, denn es ist Hochsommer! Und im Fenster das starke Licht, grünlich, von dem üppigen Blattwerk gedämpft. Und so sähst du ihn – als sähest du ihn zum ersten Mal, so daß du ihn wiedererkennen würdest unter Tausenden später, diesen Legionen blauäugiger, stroh-, silber-, rost- oder goldblonder Unfertiger, in Hotelzimmern halbnackt Bereitliegender – überall! jederzeit! –, und er sähe dich an, erstarrt in der Haltung des derart Überraschten, halbaufgerichtet, auf den Ellbogen gestützt, den Kopf nach hinten gewandt, denn das Bett steht mit dem Kopfende zur Tür, eine gestreckte, seitliche Haltung – unter dem hölzernen Kreuz an der Wand – erschrocken! Und noch immer die aufgeschlagene Schrift in der Hand – wo aufgeschlagen? – die ihm allmählich aufs verborgene Knie sänke.

Vermagst du zu lächeln? Undenkbar! Es ist vollkommen ernst. In der Stunde des Schweigens – das einzige Gebot dieser Stunde, der einzigen Stunde, da Redeverbot gilt –, in der Stunde der gebotenen Besinnung eines jeden bei sich: da kannst du nicht lächeln. Vermag er's? Ein wortloses Zeichen? Mit seinem Mund, ja, wie wäre sein Mund? Vor Sprachlosigkeit halb offen, und es wären schön geschwungene Lippen, eine dunkle Höhle, ein wenig Feuchtigkeit glitzernd in dem stärkeren Flaum über der

Lippe – Flaum, sage ich?, stoppelig! – und er ließe das Buch tatsächlich sinken, als wär's irgendein Buch, egal, wo aufgeschlagen? – nicht bei Ezechiel! bei keinem Propheten! – wir wollen es nicht! Und er ließe seine Augen ein wenig wandern, über deinen schmächtigen Leib wandern, vom achtlos entblößten Schlüsselbein abwärts, als würde er dich mustern – nur mehr verwundert – und erkennte dich plötzlich: im Pyjama! So, wie du da stehst – und einfach stehenbleibst, dem Schweigegebot gehorchend – todernst dem Gebot gehorchend, im Grund jedem Gebot: als wartetest du nur, daß man dir geböte. Und so würde er – sein Mund müßte sich doch unwillkürlich zu einem Lächeln verziehen – dich anlächeln? Und es wäre wie ein Gebot? Und er würde – ja, traut er sich denn? – ein wenig zur Seite rücken, zur Wand hin, dir Platz schaffen und die Heilige Schrift zuklappen?

Im Pyjama?

Oder ... im heiligen Kleid? Novize, du! So daß es zum Lachen wäre, tatsächlich, wenn die Mönchskutte flöge und einen Augenblick lang beinahe stillzustehen schiene in der lichtgesättigten, schwül lastenden Luft. Ein finsterer Drache, der am Boden in sich zusammensinkt. Schrumpft. Nichts als ein Tuch. Aller Heiligkeit bar.

Nackt? Schmächtiges Kind! mit womöglich schon steil aufragendem Glied – nach der jahrelangen Verhaltung des Drangs! –, dem breiten Lächeln der Vorfreude: endlich! Nein. Natürlich nicht. Die Vorfreude müßten wir ihm überlassen; das Lächeln – ein ungläubiges –, wenn du urplötzlich bei ihm lägst – sieben Jahre! Mein Gott! Die heilige Zahl! Wie die Jungfrau zum Kind. Und er empfinge es nicht in Freude? Protestant. Theologiestudent immerhin. Auch wenn er jetzt nicht ausgerechnet die vergleichsweise wenigen einschlägigen Stellen in der Schrift aufgeschlagen hätte – in der Stunde der Einkehr bei sich mit seinen heimlichen Empfindungen ringend? – nein! wir wollen es nicht! –, so kennt er sie doch. Die Empfindungen? Die Stellen? Glaubt er daran? Woran? Egal! Er muß dran glauben, denn es ist strafbar, ein Offizialdelikt – bedarf keiner Anzeige eines Geschädigten, keines nachweislichen Schadens –, schlimmer noch als ein Offizialdelikt: ein säkularisiertes Sakrileg. Du bist die leibhaftige Ikone der kindlichen Unschuld – so wie du da stehst! Und so geschäh' es in Furcht und in Zittern? Ja, was denn geschähe da zitternd? Reden? Verboten! Nein. So wollen wir's nicht! Wir wollen ihn furchtlos! Kein Gedanke an vulkanisches Feuer, himmlischen Blitzstrahl, prophetisches Zerschmetterungsgerät, irdische Steinigung, irdenes Einmauern, lebendigen Leibes Begraben, Stürzen von einem *hohen* Turm, weltliche Ketten und Kerker, gesellschaftlichen Tod, familiäre Schande, nein, nur an die empfindlichen Stellen. Mutig muß er sein – todesmutig wie du, todernst. Behutsam. Empfindlich. Und zärtlich.

Nur zärtlich? ... aber an den empfindlichsten Stellen? So daß es schließlich zu Zärtlichkeiten gekommen wäre, wie es heißt, und was heißt das schon ... Ja, wie stellst du dir's eigentlich vor? Was stellst du dir vor? Daß es den Himmel über dir aufreißt? Während du urplötzlich auf den Knien, in deiner Mönchskutte, vor dem aufgeschlagenen Bett mit stockendem Herzen im Laken herumschnupperst nach einem verflüchtigten Geruch, mit fahrigen Fingern nach einem verlorenen Haar suchst, keins findest, übers Laken streichst, mit der Fläche der Hand, mit halboffenem Mund, mit trockenen Lippen, und nicht weißt, wie dir geschieht, was du tust. Weißt du's nicht?

Gar nicht? Als wär's dir verboten?

Du hast doch die Weihe empfangen. Vor der Zeit. Unkonfirmiert. Das ist Fakt! Ich sag's dir voraus. Brot und Wein aus der Hand eines furchtlosen lutheranischen Pastors. Blut und Leib deines Erlösers, als noch unkonfirmiertes Kind! Vor der Zeit deinen Erlöser empfangen. Den Weihrauch empfangen. Bei orthodoxer Liturgie. Zu gregorianischem Gesang. Verschwenderisch schier, bis sich das Bewußtsein dir trübte, von dem schweren, dem schwülen Geruch, dem östlichen Wohlklang männlicher Stimmen, beim Kyrieleis schwindelte dir – und du wüßtest nicht, wie dir geschieht? Was dir geschieht? Wenn sich das Bewußtsein dir trübt, so daß die Schrift dir unter den Augen verdirbt?

Wandlungen, Verwandlungen. Zum Klingeln der Glöckchen. Im Augenblick der Transsubstantiation, der Verwandlung von Wein in Blut, Brot in Fleisch: an Opferung denkst du wohl nicht, an Kannibalismus noch nicht, an das Verzehrende, Fleischliche; sonst würde dir schlecht. Nur an das Heilige, das dir geschieht, wenn sich das Bewußtsein dir trübt, im Augenblick der Verwandlung – heilige Hingabe! – so daß es das Herz dir zerreißt – und es sich ergießt? Zuviel Hingabe! Zuviel Heiligkeit im Grund, in zu kurzer Zeit, für ein unkonfirmiertes Kind! Zuviel Wandlung, Verwandlung. Zuviel Liturgie, wahrhaft oekumenisch – zuviel, bis es dich überschwemmt, fortschwemmt, als zerrisse es dir den Leib, beim Klingeln der Glöckchen, im Klang der Stimmen, im Weihrauchgeruch, beim Gesang und im Brausen der Orgel. Zuviel, so daß du es fahrenläßt und nicht weißt, wie dir geschieht. Das ist Fakt! Du wirst's fahrenlassen. Urplötzlich. Beim Gesang. In der düsteren, vergleichsweise uralten Kirche. Kapuzenzwerg! zwischen Stoffsäcken. Nur noch die Stimmen sind menschlich, vereinigt zu einer einzigen Stimme, die anschwillt im Brausen der Orgelpfeifen, mit dem jene einzige Stimme sich vereinigt zum tosenden Rauschen der Klänge, ein Klangrauschen von tönender Sturzflut, die an dir, Zwerg!, reißt mit fremder, übermächtiger Kraft – du Nichts! in der Flut – und da ist kein Fels, daran sich zu halten, keine Schrift mehr, kein Wort, kein Gedanke, kein Bild, nur Gewalt – und so reißt es dich mit. Du kannst's nicht mehr halten. So läuft's aus dir heraus, während du singst, vereinigt mit der einen einzigen Stimme, und mit einem brennenden Schmerz! Urplötzlich ein Schmerz. Körperlich. Und du läßt's fahren. Und es läuft. Das reine Wasser, körperwarm, du spürst es am bloßen Schenkel herunterrinnen und fließen, unter dem Mönchsgewand auf den hölzernen Boden des Chors, und dort rinnt es weiter, unter dem Saum der Kutte hervor, und bildet eine Pfütze, einen See auf dem Holzboden der uralten Kirche, geruchlos im Weihrauch, eine dunkle Verfärbung im Halbdunkel, die sich ausbreitet, unhörbar im Brausen von orgelnden Pfeifen und brausendem Stimmklang – ein Rauschen in dir, das die uralte Kirche überschwemmt, dich mit dem Kirchenschiff fortträgt auf den Wogen des Rauschens, den Wogen des Schmerzes, diesem Brennen in dir. Und du kannst es nicht aufhalten, nichts mehr halten in dir – als flössest du aus, mit dem brennenden Schmerz, bis du ganz leer bist: die heilige Leere. Sancta simplicitas! Und es bliebe dir nichts als ein rasch versurrender Schmerz – nicht einmal der Schmerz bliebe dir! Und du wüßtest nicht ... Wie konntest du nur?! ... Was ist dir da zugestoßen, Bruder!

Als hätt's dir die Blase zerrissen. Zuviel Zwetschgen gegessen – überreif! – aus dem Klostergarten? Zuviel für deine Konfirmandenblase – du Protestant! Nichts als ein harmloser Blasenreiz. Als wäre er Arzt. Vater Abt. Der dich natürlich aufstöbern wird, der Tröpfchenspur folgend, als wär's die Schweißspur eines Wilds, in der Stunde der Einkehr, beim heimlichen Auswaschen der Kutte: unter Tränen der Scham. Kindlich. Ja. Da weinst du – ich sag's dir voraus! –, so aufgestöbert, nachdem du die Kirche vollgepißt hast: vor Scham. Und – vor Schmerz weinst du nicht? Auf den Knien, allein, am verlassenen Bett, mit verhaltenem Drang – denn du hättest dich nicht getraut? denn man kann's ja verhalten? Und so wäre nur Scham, ein herzzerreißendes Rauschen des Bluts, ein dröhnendes Brausen im Ohr, ein Durcheinander im Kopf – im Kopf nur? – und kein Fels in dem Strom ...

Ein Fels, sage ich?

Eine Brust – so mußt du dir's denken! Eine nackte, männliche Brust neben dir – über dir – und die Augen, die auf dich herablächeln, leuchten. Ein Geruch? ein wenig herb? Nein, kein Geruch kann da wahrgenommen werden, denn dir stockt ja der Atem! nur Wärme; eine Abstrahlung im Gesicht, von der plötzlichen Nähe, nur Nähe, noch keine Berührung. Ein Drang – in der Blase? du Protestant! Im Magen, im Bauch – ein flaues Gefühl? Stürzt dir das Herz ab, vom Pulsschlag zerrissen, als wär's vom Zerschmetterungsgerät – in die Pyjamahose? Und pulsierte nun dort? Und du wüßtest nicht, wie dir geschieht? Was du da tust?

Wer wüßte es nicht! Und so bärgest du – wer nicht? – dein Gesicht an der Brust, dieser reglosen, vergleichsweise harten, sparsam behaarten – wir wollen es so! – verbirg dein Gesicht vor der Scham! Und es wäre die erste Berührung. Weinst du, vor Scham, als wär's nur von Zwetschgen, ein Unglück?

Eine Sensation! Reiz aller Sinne! Reizung der Nerven, der Säfte – zur Hingabe! Vorbereitung der Wandlung, auf daß die unsichtbaren Glöckchen dir klingeln, im Augenblick dieser Transsubstantiation! Das Bild – blauäugig, goldblond, unfertig –, bisher nichts als ein Bild, als wär's auf Hochglanzpapier, wird zur Empfindung! Denn von dem reglosen Körper, an dem du dich festhältst, als wär' er aus Stein, so daß er dir nah ist wie nie zuvor ein Körper dir nah war – keine Erinnerung an vergleichbare Nähe!, in diesem Zustand gereizter Empfindung! –, ginge nun doch ein Ruch aus, der eigentlich wahrnehmbar sein müßte, ein dir ganz fremder Geruch, fremder Körpergeruch, der spezifische Eigengeruch eines dir fremden Körpers, der doch unterscheidbar sein müßte – unter Legionen von Körpern! – vom spezifischen Eigengeruch eines jeden anderen denkbaren Körpers!, nichts Benennbares noch, nichts quasi Funktionales, spezifisch Physiologisches – noch keine biochemische Reaktion ruchbar! –, nichts Kosmetisches! keine Hoffart! Wir möchten's jetzt nicht! Reiner Körpergeruch, diesem einen Körper eigen – ja, wie beschreibe ich dir den Geruch dieser Nähe, so daß es dich reizt, ihn zu riechen: diesen Geruch urplötzlicher Nähe, den Geruch der Umarmung, ja, wie nähmst du denn in dieser allerersten Umarmung, in gesteigerter Empfindlichkeit, den Geruch der Umarmung wahr, so daß es beschreibbar wäre – mit schluchzendem Atem? –, so daß du den in seiner halbaufgerichteten Haltung erstarrten Oberkörper umklammern würdest, als wär's ein marmorner Torso, gereizt von dem Geruch der Umarmung, damit er dich einhülle – der Körper, der Geruch –, so daß dir schwindelt; so daß du dich geradezu festklammern müßtest an dem fremden Torso, mit deinen noch kindlichen Händen eingetaucht in die Wärme des dir noch fremden Rückens, als tauchten deine Finger ein in den Rücken, eine Sensation immer wieder, diese erste Empfindung des Eintauchens der Finger, ja der Hände!, in die Wärme eines noch fremden Rückens, von dieser Wärme nämlich kommt der Geruch, der dich von den Fingerspitzen her durchströmt bis zu den Haarwurzeln – der Geruch? die Wärme? gesteigerte Wärme! verschärfter Geruch! –, von den Achselhöhlen her kommt's doch!, die ja entblößt sind, wir wollen es so!, doch das willst du nicht sehen, es wäre zuviel – Reizung? Nichts sehen! von diesen reizenden Härchen über dir, von denen es kommt, von unten her kommt's, von dem verborgenen Leib, unwillkürlich gereizt, ob man's nun will oder nicht, darf oder nicht. Von der gesteigerten Wärme zu verschärftem Geruch gereizt, von dieser urplötzlichen Nähe gereizt, von dem Geruch der unwillkürlichen Umarmung gereizt – eingehüllt in den Geruch, der von überallher kommt, eingehüllt in die größtmögliche Nähe, die dunkle Wärme, so daß dir schwindelt!, sich das Bewußtsein dir trübt! Nichts Sichtbares mehr! Kein Gedanke! Nichts als Empfindung! So daß der Drang dir wüchse nach noch mehr Empfindung; nach noch größerer Nähe, heftiger Nähe!, nach stärkerem Druck der Umarmung, so daß dein Leib wie von selbst – unwillkürlich, sagen wir, doch was sagt das schon, denn du willst! – sich gegen den anderen Leib drängt, unsichtbar unter dem Laken, mit dem Unterleib drängst du dich in den gesteigerten Geruch der verstärkten Umarmung hinein – in die verschärfte Umarmung hinein! –, so daß du nicht weißt, wie dir geschieht, was du tust, während deine Hüfte wie von selbst – unwillkürlich, sagen wir, doch was sagt das schon: willst du etwa nicht? nicht mehr? noch nicht? hinein? ja, wo denn? – unter dem gesteigerten Druck, dem verschärften Drang, rhythmisch sich zu bewegen beginnt, quasi korrekt zu arbeiten beginnt, funktional sozusagen, gegen den sich steigernden Druck, um den Druck mit jeder unwillkürlichen Hüftbewegung zu steigern, den sich mit jeder Bewegung verschärfenden Drang zu lindern, zu steigern?, den

Druck zu lindern?, und du wüßtest nicht mehr, was du willst, könntest nicht mehr, müßtest jetzt gleich, unter dem Druck, diesem Drang, der Natur gemäß –

Nein! Stop! Nicht so! Er soll es nicht wollen! Wir wollen es nicht! Es wäre ein Greuel! Als wär's nichts als Blasenreiz. Von platzenden Zwetschgen. Urplötzlich. Durch mechanische Reizung. An dem heiligen Ort? In der geheiligten Stunde! Bei der heiligen Handlung deiner Initiation, deiner Transsubstantiation, dieser Erstkommunion ... Du weißt ja nicht, was du tust! Noch weiß er's. Du hast dich ihm an den Hals geworfen! Soviel kann er wissen. Und so wird er sich doch den Ruck geben – den kleinen Ruck ...

Er soll sich den Ruck geben. So daß du für einen Augenblick zur Besinnung kommst. Und sein Gesicht siehst, das dich ansieht. Er ist doch nicht dein ... Kopfkissen! dein ... Weibchen! eine ... Zwetschge?! Und so wird er nicht lächeln – wir wollen es nicht! Und sein Leib wird nur lasten auf dir – reglos! Du sollst dich nicht rühren! mit einem Ruck auf den Rücken gezwungen, bezwungen!, und deine Arme im Griff seiner Faust. Als wärst du in den Schwitzkasten genommen. Es ist nicht zum Lächeln, nein. Er betrachtet dich, als betrachte er etwas Geistliches; doch nichts Geistliches störe seine Betrachtung – wir wollen es nicht! –, einziger Gegenstand seiner Betrachtung seist du! Ein Objekt aufmerksamster Betrachtung, eine ernste Betrachtung, womöglich sogar streng. Keine Rede von überreif – Früchtchen! Und das will gleich platzen? Nein, er hat dich im Griff. Er wird dich das Anschauen lehren, damit du ihn erkennst. Unter Legionen. Er will dich doch anschauen – wir wollen es so! –, so daß er dich wiedererkennen würde, unter Heerscharen! Einander erkennen sollt ihr – wie es geschrieben steht! was stünde denn sonst dort geschrieben? –, mit diesem strengen Ausdruck der Erkenntnis, im Augenblick des Erkennens, beinah erschrocken. Verwundert. Mit geweiteten Augen, verengten Pupillen, halboffenem Mund, die Nüstern gebläht, wie im Zorn, schwer atmend.

Eine Wut?

Er weiß es doch besser! Ein wenig besser als du wird er schon wissen, was dir da geschieht, wie dir geschehn ist, wie es geschehen soll – wir wollen es so. Du willst doch keine Jungfrau im Bett!

Was er weiß? Wir können's beide nicht wissen; denn es kann nicht geredet werden, kein Wort! Schweigegebot! Wir wollten es so. Ich kann es vermuten, mutmaßen ein wenig, und ich mutmaße ganz gern; du hast keine Ahnung – so wie du da stehst! Geheimwissen für dich, Mysterienreligion, Fliegenpilz. Er soll es ahnen: Da hilft keine Oekumene; kein schlichtes Miteinander; keine christliche Liturgie, egal welcher Kirche; kein Kyrieleis, kein Orgelgebraus, nicht einmal Weihrauch; nur … Fliegenpilz?! Und er hätte sich dennoch den Ruck gegeben, den kleinen? So daß er jetzt schon beinahe läge, wie man beim Weibe liegt, und er hätte diese Erfahrung des Liegens beim Weibe – wir wollen es mutmaßen! –, als wäre er Missionar und wäre doch keiner!, denn es wäre beim Knaben, so daß sein Blut über ihn käme? Und er würde noch lächeln? Dich urplötzlich anlächeln, todesmutig, beinahe begehrlich? ein aztekisches Lächeln? geil lächelnde Götter! geil dich anlächeln, todesmutig und geil? geil auf dich, nicht auf den Tod, ganz ohne Panik?

Denn daß es nicht in Panik geschehen soll, was auch immer geschähe, soll er wissen, es wäre ein Greuel. Ich sag's dir! Ich weiß es. Wenn du nämlich schon einmal so alt sein wirst wie er – beinahe so alt –, und noch immer wäre nichts dir geschehen, ahnst du, wie der Drang, dieser Druck, bis dahin gewachsen sein würde ... als lägest du beinahe sieben Jahre lang so auf den Rücken gezwungen, reglos unter der Last des Begehrens, und da wäre nichts als ein Anschauen, kein Anreden möglich! zum Anlächeln nicht fähig! – beinahe sieben Jahre lang! – nichts als ein heimliches Knien vor entblößten Laken, mit stockendem Atem, trockenen Lippen, ein verschämtes Schnuppern im Laken – nichts – nur der Geruch des eignen Verlangens, der eigene Leib! – als gäb's keinen andern! – glaube mir, daß da Panik ausbricht, wenn nach beinahe sieben Jahren urplötzlich etwas vorliegt: auf dem Rücken, in grell leuchtender Nacktheit.

Beinahe egal, was. Egal, woher. Egal, wie vorgelegt … wie gelegt … abgeschleppt aus einem nächtlichen Stadtpark – was sage ich: Park?, eine kommune städtische Grünanlage – und in der Panik sogleich ins Bett genommen. In irgendein Bett. Irgendeiner. Zu sehr später Stunde – irgendeine Stunde! – irgendein artiges Reden. Einer, der es gewöhnt ist, sich so abschleppen und ins Bett legen zu lassen und beim Manne zu liegen – als gelte es, an Britannien zu denken. Als wär' er ein Weib. Und wolle eigentlich nicht. Nicht mehr. Als wär's schon zu gewöhnlich. Wie ein Brett. Kein Fels. Beinah noch ein Knabe … und engelsgleich schön! Was sage ich: irgendeiner? gelegt? wie ein Brett? das sagt sich so leicht! – nicht einmal käuflich. Nein. Schloßbesitzer und Schüler der Schauspielkunst. Der zuerst nach den Büchern greift in dem zufälligen Büchergestell, irgendein Gestell, irgendeinen Shakespeare greift der sich statt dich! und einen nach dem andern – die ganze lederne Quartausgabe, irgendeine Ausgabe! – durchblättert der mit gierigen Fingern, nicht dich! – und du kurz vorm Bersten. In Panik. Es bliebe beim Blättern! Und der … engelsgleich schön! Auch das sagt sich so leicht. In der Panik siehst du ja nichts, geblendet von deinem Begehren der lichten Gestalt! Licht!, sage ich dir. Jüngling! versteht sich von selbst. Schön!, schlicht – und will schon nicht mehr? Hat sich allen verschenkt, wie Engel es täten, nur dir nicht? Dir nicht?! Ist's aber gewöhnt, sagte ich … irgendwie, weiß nicht mehr wie … verführbar, ohne Kunst … willig, ohne Willen … aus Erbarmen?! Und so wüßtest du nicht, wie dir geschähe, wenn du urplötzlich, in deiner Panik, an sein Schlüsselbein gerietest, ein zufällig entblößtes Schlüsselbein, und im Stehen – irgendwie, weiß doch nicht wie!, zwischen Shakespeare, irgendein Band, und entblößtem Hals mit dem Mund ans Schlüsselbein geraten –, und an dem Schlüsselbein klebend, wüßtest du noch immer nicht, wie? wie weiter, meine ich? wie von dem Schlüsselbein weiter – abwärts! – doch wie? wüßtest du nicht mehr. Wie es geschehen wäre, daß er dann urplötzlich vorläge – denn: wie einem Männchen geschähe dir da! – nach der ersten Berührung, am Schlüsselbein, und du wärst doch vergleichsweise ein Mann. Das Gesicht womöglich im Kopfkissen vergraben? – am Schlüsselbein wenigstens!, als ließest du's nicht! – mit geschlossenen Augen, als gälte es, die Menschheit zu retten, die Mission zu erfüllen! Und er denkt mal kurz inbrünstig ans Empire? Zählt bloß? die Bewegungen? nicht einmal Stöße! die Buchrücken im Regal? über deine gekrümmte Schulter hinweg, nur die Quart-Bändchen – und schon ist's geschehn. Schon passiert? als wär' dir ein Unglück passiert. Die Milch verschüttet. Übergekocht. Danebengegangen. Bei dem Druck. Bei der vergleichsweise schmalen Gestalt. Zum Wegwischen. In Panik. Denn es ist irgendein Bett. Irgendein lederner

Shakespeare. Irgendein ... Schloßbesitzer, angehender Schauspieler ... irgendein Engel, der vergeht, denn die Erde ist nicht für Engel gemacht! ... Und du hättest ihn nicht geküßt? nur am Schlüsselbein, zufällig? begeifert?! Und so würdest du dich nie erinnern, und bis ans Ende des Lebens!, wie dir geschehen wäre beim ersten Kuß – und es wäre ein Engel gewesen, irgendeiner ...

Kein erster Kuß?

Ein Greuel!

Soviel muß er wissen. Das darf nicht sein. Und so soll er das Panische nächtlicher, selbst mittäglicher Stunden schon kennen, hinter sich haben! Wir wollen es so! *Die* Mission sei erfüllt.

Ja, wie denn?

Küssen sich Dreizehnjährige, in mittäglichen Pausen, beim gemeinsamen Genuß der ersten Ergüsse, auf dem Schulhausklo? Vielleicht. Keine Ahnung. Eine Mutmaßung wert – beim Anblick mutmaßlich Elfjähriger heute; beim verstohlnen Betrachten, ja stillen Beobachten von Schülern im Bus. Kleine Wichser, die einander beim Wichsen küssen? Zeit fänden, beim Wichsen, zum Küssen? Eine unwahrscheinliche Mutmaßung, und so müßten wir womöglich ... auf die Pfadfinder zurückgreifen? Du bekämst mir ja Panik! Nein. Vielleicht eine sogenannt schwärmerische Liebe mit sechzehn ... eine Mutmaßung wert? beim Anblick mutmaßlich Vierzehnjähriger heute? Ein gegenseitiges

Nachhausebegleiten. Gegenseitig, sage ich, meint: hin und her, wie wir's in Tonio Kröger gelesen. Bei vertraulichen Gesprächen im Gehen. Warum nicht. Ein gemeinsames Lösen der Schulaufgaben; ein gegenseitiges Herzen und Küssen über Schulheft und Lehrbuch. Wie? Küssen? Eine stille Mutmaßung wert! Bekleidet. Womöglich im Stehen. Bei Begrüßung und Abschied – quasi als Vorwand! – und nicht aufs Schlüsselbein. Hastig, mit beinah geschlossenem Mund, über das erhitzte Gesicht des andern fahren, über Wangen und Stirn, über Augenlider und Ohrmuscheln, über Lippen und Kinn, hastig, sage ich, der andre läßt sich's gefallen, mit geschloßnen Lidern, beinah geschlossenem, lächelndem Mund; vielleicht – eine Mutmaßung wert! – das Erstaunen danach bei dem einen – dem andern? – über das dunkle Fleckchen in der altmodischen, schier halblangen Unterhose – denn jeden ereilt es! – vielleicht, dann und wann, auf dem Klo eine rasche, einsame Vollendung, im Gedenken an den andern, bei dem einen – dem andern? – eine Vollendung? Kein Kuß! Ein Erguß in die Schüssel. Und einsam. Eine Mutmaßung wert? Beim Anblick Vierzehnjähriger? Heute? Keine Ahnung. Ob's Vierzehnjährige sind! oder Zwölfjährige. Ich darf dir mit dem Heute nicht kommen. Die Erde ist nicht mehr von Engeln bewohnt. Und es soll nicht erst heute geschehn ... Ich meine ... du kämst ja in den Knast! Wolltest du nun plötzlich all die Mutmaßungen verifizieren! Ob Vierzehnjährige küssen – die erst zwölf sind! –, und wie die Küsse von Dreizehnjährigen schmecken: die elf sind?

Er ist nicht von heute.

Hier ist von vorgestern die Rede.

Der Liebesakt – wagt man's schon, Geschlechtsakt zu sagen? – wird in der Regel erstmals vollzogen, steht in den vergleichsweise fortschrittlichen, protestantisch orientierten Lehrbüchern der Zeit – wenn ich mich richtig erinnere: denn Lehrbücher habe ich dir keine aufbewahrt –, zwischen dem neunzehnten und dem zwanzigsten Lebensjahr. Regelrecht. Vielleicht also, mutmaßen wir, mit zwanzig ein Besuch im Bordell. Der Ordnung halber. Gegen die Überhitzung des Gemüts, diese Panik. Weil's in den Lehrbüchern steht? Und man wäre schon beinah im Verzug, im Rück-Stand quasi? Alle Väter schicken ihre Söhne ins Puff – wenn sie nicht beizeiten selber auf die Idee kommen –, ein freundlicher Ratschlag. Damit die Mission einmal erfüllt sei. Ich meine – ihre Erfüllung erlernt sei. Ordnungsgemäß, zielsicher, erfolgreich, innert nützlicher Frist. Eine pflichtgemäße Vollstreckung – als Lehr-Stück. Ein Schulschiff nennen's die Väter womöglich. Damit man die Handgriffe lernt, in der Takelage, die Lösung des Seemannsknotens, den Umgang mit Gummi und Tau, mit Seilen und Riemen, warum nicht? denn es wäre kein Schulschiff aus Kleinbasel. Nein. Warum Kleinbasel? Nur Binnenschiffahrt? Eine Weltstadt – als Bordell – für den Anfang, damit's gleich ordnungsgemäß sei. Paris? Wie banal! Viel zu teuer ... Nein, sagen wir ... Wien! Natürlich in Wien. So wär's in einem düsteren, plüschigen Alkoven. Soviel können wir aus eigener Anschauung mutmaßen. Und so würde eine kleine Lustigkeit geboten – dreimal eine kleine Lustigkeit wär' das Versprechen, können wir quasi aus eigener Anschauung mutmaßen –, doch womöglich, denn es wäre in Wien, verzehrte das Schulschiff ein Sandwich, als wär's ein verschlingender Walfisch, womöglich noch während dem Akt! Entreakt eigentlich, Mittagspause im Grund, ein Leisten von Überstunden; denn man hätte zu billig gewählt als Student. Und so blieb's naturgemäß, müssen wir mutmaßen, denn da fehlt uns nun wieder die eigene Anschauung – wir wollten's nicht einmal mitanschauen! –, bei einer einzigen Lust; einer kleinen, mutmaßlich; bäuchlings und blindlings; nicht lustig vermutlich; höchstens vielleicht am Ende die Lust, eine Art Stolz quasi, daß es ordnungsgemäß (ab-)geht, auch unter erschwerter Bedingung. Naturgemäß ohne Kuß – noch immer? Und er träumte sich's nur – mutmaßte bloß, wie wir mutmaßen? Er muß es doch gelernt haben – damit er's jetzt kann: wir wollen es so! Bei einem Kommilitonen, erst neulich? Kannst du dir's vorstellen? Zwei Studenten der Theologie, beide noch Erstsemester, die beieinanderliegen, nach langen nächtlichen Exegesen, und sich regelrecht küssen, stundenlang, nächtelang einfach nur küssen, um's zu erlernen? … ganz ohne Panik? Denn es wäre im Grunde … nur christlich? Nein. Er müßte es bei einem vergleichsweise schon viel Älteren gelernt haben, einem klinischen Semester, nach einem nächtlichen Disput zwischen Naturwissenschaft und Theologie – zwischen klinischem Weltbild und mystischer Weltschau – unversöhnlich, naturgemäß, im Umgang mit Tod – und so wäre das Erlernen des Küssens, für unsere Zwecke, im Grunde ein regelrecht verzweifeltes Küssen, regelrecht nächtelang, der Versuch einer Versöhnung im Grund – mit dem klinischen Tod – oder Verführung: zum mystischen Tod? zum ewigen Leben? Ein Versuch, küssend am Ende, und nur küssend, zu überzeugen, vom einen oder vom anderen Tod, den einen mit dem anderen Tod zu versöhnen, das eine mit dem anderen Leben … zu verbinden? das Ewige mit dem Endlichen? … Ein Überzeugungskuß! der erste Kuß! ein Versöhnungskuß! der zweite Kuß. Ein Verzweiflungskuß! der dritte Kuß. Ein Abschiedskuß! der vierte Kuß – und nächtelang, sage ich, immer wieder, ohne Entscheidung – zwischen ewigem Leben und Herztod – oder ist der Hirntod schon erfunden? – nur küssen! sage ich –, und so würde er, nach diesem regelrechten Erlernen des Küssens, nach diesem verzweifelten Küssen – zwischen Leben und Tod – im Grunde schon zweifeln; und dieses Kloster auf Zeit, oekumenisch, wäre ein letzter Versuch der Selbstklärung, Gewissensprüfung quasi, und es wäre der Grund für seine Stummheit gewesen während der Zeit dieses Klosters auf Zeit, Grund für das stumme Lächeln auch, ein zweifelndes Lächeln, und so lägest du nun bei – ja schon unter – einem an sich selbst Zweifelnden: und es wäre keine Spur Panik zu spüren? So zwischen Hirntod und Kreuztod in der Plateauphase schwebend ... Nein. Eine feste Freundin! Ganz einfach. Banal. Seit ... nun, sagen wir: fünf Jahren. Kein Katholik! Keine Katholikin. Nicht ungeöffnet an den Absender zurück, nach dem Sonntagsspaziergang. Kein Spaziergang vonnöten. Am Sonntag wenigstens. Vor dem Kirchgang. In der langen Samstagnacht. Am Wochenende wenigstens ... jedes Wochenende, seit, sagen wir fünf Jahren. Auf die Lehrbücher ist doch kein Verlaß! Schon quasi verlobt. Das Küssen längst Gewohnheit, gesteigert zur technischen Perfektion, ganz ohne Panik – was reden wir da beständig von Panik! –, sterile Perfektion beinah, eine Routine des Küssens, regelrecht, stundenlang, reine Routine der Rest: im Grund langweilig, langweilige Routine des langwierigen Küssens, der Panik am Schluß, der Wochenenden, mit oder ohne Kirch- oder Spaziergang – und dieses Kloster auf Zeit – du! plötzlich! –, du wärst ihm unverhofft eine willkommene ... Nein! Nein! und abermals: Nein! Du bekommst mir ja Panik, was auch immer ich mir vorzustellen versuche, für dich, damit er es kann – regelrecht kann –, regelrecht Panik bekämest du mir, wenn du dir vorzustellen versuchtest, warum er es kann – moralische Panik, klinische Panik, theologische Panik; die Panik der Eifersucht packte dich, und du würdest ihn abschütteln von dir, mit der Kraft der Enttäuschung, wie ein stolzes geflügeltes Roß seinen nichtswürdigen Reiter – und in die Luft gehn: mir davonfliegen, aus dem Fenster, zu den unsichtbaren Seglern, oder still und enttäuscht zurück in den Schrank zu den anderen Sachen. Nein. Man kann's doch nicht lernen. Nur Engel können es. Und so kann er's – wir wollen es so! –, wenn er dich nun im Griff hat; im harten Griff seiner brennenden Fäuste; seines festen Verlangens; fest und bestimmt; ruhig über dir; dich mit Lächeln betrachtend – wer könnte es nicht, der dich so hat! Bub! –, und so wird er seinen Kopf senken, lächelnd und sacht – sein Gesicht nähern dem deinen – behutsam! behutsam! –, und du wolltest's nicht sehen? dieses Glänzen der Stirn unter der Locke, das Beben der Locke, das Glitzern im stärkeren Flaum, das stärkere Blähen der Nüstern: denn er wird jetzt viel Luft brauchen, eine kunstvolle Technik des Luftholens, damit ihm nicht vorzeitig die Luft ausgeht; denn es ist anstrengend; so daß er schwitzt. Und du könntest's nicht sehen? nur riechen ein bißchen, notgedrungen? denn du bärgest deinen Mund sofort an seinem geschwollenen Hals – der Natur gemäß von der Anstrengung des Luftholens geschwollen – und verbärgst dein Gesicht vor seinem Gesicht? Und klammertest dich an den Fels seines Leibs, als müßtest du sterben – und wolltest es nicht? gleich sterben? von einem Engel geküßt? Fürchtest du dich? vor seinem Atem – dem Odem – dem fremden?

Du fürchtest, ich weiß, Kind, das Fremde im Mund – das Eindringen des Fremden mit fremdem Geschmack –, den Geschmack fremden Speichels, als wär's infektiös! Denn du ahnst jetzt, was dir bevorsteht – und fürchtest's. Eine Besetzung deiner Mundhöhle – als kröche unaufhaltsam ein Fremdes in dich – und füllte dich aus; raubte die Luft dir; du müßtest an dem Fremden ersticken. Denn du könntest's nicht schlucken. Es verschlänge dich. Das Eindringen des verschlingenden Fremden fürchtest du – nicht die fremde Last auf dem Leib? den Geruch nicht, den befremdlichen? Den Hauch des Fremden fürchtest du nicht? – so wie du da stehst! – und so fürchtetest du nur noch … den Zungenkuß. Angst vor dem Zungenkuß. Ich weiß. Soviel weißt du. Daß es zum Zungenkuß kommt. Nur soviel. Zum Fürchten. Du kennst nur das Wort! Ein Greuel von Wort! Denkst du an Schnecken und Schleim? An Lurche und Weichtiere? An Zoologie und Botanik, an primitives Getier beim Akt der Begattung, an urzeitliches Gewürm in fruchtbarem Urschlamm – als käme ein Zungenwurm nun zu dir? Nur ein Wort! Nichts als ein

Kuß! Gleich mit der Zunge? Nein! nicht von der Zunge reden jetzt, diesem geschwollenen Muskelfleisch zu vielfältigem Gebrauch – nicht gleich mit Zungen reden! Er wird es doch wissen! Wir wollen es so. Und so wird er – wir wollen's! – dich beim Schopf packen, mit seiner vergleichsweise starken Hand in deinen Haarschopf fahren – ein Haarschopf?, wo wäre denn da ein Haarschopf zu fassen, du bist ja so kurzgeschoren, schier igelhaft, mönchisch, beinah unfaßbar –, mit seiner starken Hand, sage ich, dich also bei deiner schmalen Stirn fassen und deinen mönchischen Kopf sanft, aber unwiderstehlich von seinem Hals lösen, so daß dein Mund, der sich unwillkürlich festgesaugt hätte an dem Warmen und Pochenden, geschwollenen Feuchten, leicht Salzigen, wie ein Korallentier, ein zwiegeschlechtliches, urgeschichtliches, mit dem bittern Geschmack auf den blühenden Lippen … während dein Unterleib, unsichtbar, gegen seinen unsichtbaren Unterleib pocht, hart, wo auch er hart ist … spürst du die Härte dort, dieses unsichtbar Pulsierende? Wie stellst du dir's vor? Gar nicht?, um seinen vergleichsweise einfältigen Gebrauch nicht zu fürchten?, viel mehr zum Fürchten als die vielfältige Zunge im Grund! … Denn es pulsiert ihm jetzt dort! Wie es dir pulsiert, wir wollen es so … hart und pulsierend … gehärtet zum Gebrauch … pulsierend von dem Verlangen nach dem Gebrauch … und es liess' sich erweichen von dem anderen Harten, Pulsierenden?, vor dem Gebrauch?, von dem Verlangen danach? … Doch er bleibt hart!, reglos und hart! … so daß dein Mund, sage ich, dieses Tier, soeben noch saugend, im Leeren urplötzlich, schutzlos halboffen, mit blühenden Schamlippen …

Nein! Er wird nicht! Er weiß doch! Wir wollen es nicht! Er soll es doch wissen!

So wird er nur mit den Lippen deinen verwunderten Mund sachte berühren, als wolle er ihn dir verschließen, verschwörerisch dir die Lippen versiegeln – kein Wort! –, rasch, bevor du sie wieder schließen und versiegeln kannst!

Machst du den Mund zu? Versiegelst du ihm die Lippen? Verbrennt er sie dir? Verbrennt er sie sich? Denn es ist heiß!

Noch nie – das wird mutmaßlich Fakt sein – wird er einen noch unkonfirmierten Knaben auf den Mund geküßt haben. Den halboffnen? Den eiligst verschloßnen? Lippe auf Lippe. Trocken, spröde, wie fiebrig. Den Kopf leicht zur Seite geneigt, wegen der Nasen. Offenen Auges – wir wollen es so! – die Zunge im Zaum seiner Zähne: als wäre da keine …

Schließt du die Augen?

Wird er sich beherrschen? Wird er es können?

Er soll es doch können, und ohne die Beherrschung als Qual zu empfinden.

Eine Ewigkeit lang.

Viel verlangst du, Kind – ohne auch nur zu ahnen, wieviel du verlangst, von deinem vergleichsweise noch Blutjungen, der noch nicht einmal lizenziert, geschweige denn promoviert oder gar ordiniert wäre. Noch keinerlei höhere Weihe empfangen – weder Beatifikation noch Kanonisation –, nur die Bestätigung der Taufe, wie jeder andere Protestant seines Alters; und mutmaßlich ein paar Sexualerfahrungen gesammelt: zwiegeschlechtlich, wenn möglich. Doch, wir wollen es so, und es gefiele uns sehr, noch ein wenig über die zwiegeschlechtlichen Sexualerfahrungen unseres Blutjungen zu mutmaßen – denn wir mutmaßen gern, bis ins kleinste Detail –, aber wir dürfen ja nicht! Du sollst nicht dran denken! Er bleibe dein Engel: geruchlos? geschmacklos? schwerelos? körperlos schier? Und läge auf dir? So wie er da liegt: Lippe an Lippe! Und hätte nicht, in den heiligen sieben Jahren, die er dir voraus hat, bei Anbruch des neuen Zeitalters, denn ein neues Zeitalter ist angebrochen, dies sollst du doch wissen!, ein paar Erfahrungen gesammelt? In den ersten drei Jahren des neuen Dezenniums ... Mein Gott! sieben Jahre, sage ich? Noch in den fünfziger Jahren mannbar geworden, als wär' er ein Dinky Toy! Wie soll man da beizeiten ... auf den Bazar gehn? sammeln? vorehelich naturgemäß, zwiegeschlechtlich womöglich, als christlicher Minderjähriger, egal welcher Konfession – undenkbar –, so muß er ein Engel sein, geschichtslos, unsichtbar gefiedert – um dich einzusammeln am Ende! Nur dich! – und du würdest dich, Kind, nicht seiner erbarmen? Deines Engels erbarmen? Seiner Zunge erbarmst du dich nicht?

Nein. Du wirst nicht, ich weiß, kaum sind deine fiebrigen Lippen sachte, im Grund erst brüderlich berührt, die Augen schließen, den Rachen aufsperren und deine Zunge herausstrecken, tief hinein in den dir fremden Rachen, und die dir fremde Zunge gierig verschlingen – als hättest du auf nichts andres gewartet, eine Kindheit lang: auf den ersten Kuß, einen richtigen Kuß, von einem richtigen Mann, und so müßte es gleich ein richtiger Zungenkuß sein. Und jetzt wär' es soweit, und so wäre jetzt alles egal. Das Fremde egal dir – Geschmack, Speichel, Geruchsfahne womöglich nach Alkohol, Nikotin – Infektionsgefahr? Völlig egal! Hirn- oder Kreuztod – egal! – Herztod? Egal! Alles egal? Und mit geschlossenen Augen, todesmutig vor Gier, besinnungslos küssen, als wär's das letzte Mal – beim ersten Mal? Nein. Da ist man doch vorgewarnt; weiß, daß mutmaßlich unschuldige Kinder nicht küssen, nicht können, fürchtet, wenn man da eindränge mit erwachsener Zunge, als ausgewachsener Liebhaber die Zunge mit quasi gewohnheitsmäßiger Leidenschaft einfach hineinschöbe in den halboffenen Mund des mutmaßlich erstmals Geliebten, wahrscheinlich niemals Geküßten, die womöglich ausbrechende Panik; das plötzliche Erstickungsgefühl bei dem unschuldigen Kind, als wär's ein vergewaltigtes Kind, den unter Umständen unbeherrschbaren Brechreiz des Kindes von dem faden, dem fremden Geschmack – und wird folglich nur behutsam, wie zum Probieren, die Lippen gespitzt, mit schon ziemlich struppigem, ja kitzelndem Flaum – denn du wirst, mußt du wissen, dir Anfang zwanzig einen Schnurrbart zulegen, um deine schutzlos hervorragende Lippe, unkorrigierbar trotz aller Korrektur, zu verbergen –, mit deinem ausgewachsenen Schnäuzer also, mit deiner gespitzt hervorragenden Oberlippe bloß, wirst du behutsam, wie zum Probieren, sage ich, über die heißen Lippen des Kindes nur streicheln – in dem Fall, den wir hier quasi als Schulbeispiel aus der Erinnerung heranziehen: ein für sechzehn deklariertes Kind, als Strichjunge deklariert!, ein Lustknabe, das Kind, ein eklatant fehldeklariertes Kind, mußt du wissen ... erst fünfzehn, sage ich dir!, und noch vollkommen unschuldig! ... Und das reißt gleich das Maul auf?, kaum mit dem Schnäuzer gekitzelt, und schlingt dich hinein? Geschlossenen Auges, mit angehaltenem Atem – gierig –, schier endlos – routiniert? Ein Stricher mit Kuß im Angebot? Aber nein, wie verhungert, quasi sperrangelweit, ein verschlingendes, dampfendes, feuchtes Kind, ja schon tröpfelnd, das Kind! Wenn's sich die Kleidung vom Leib fetzt und sich dir anschmeißt, splitternackt sich auf dich geradezu stürzt, mit unwillkürlich schon kopulierender Hüfte, noch offenem Mund und weit aufgerissenen Augen, als flög es auf dich, bäuchlings, hinauskatapultiert aus seiner Kindheit von der Empfindung des Kusses, des ohne Zweifel ersten, seit Jahren ersehnten, endlich quasi geklauten Zungenkusses – regelrecht geklaut dir: Die Zunge geklaut, mein Gott! wie das schmeckt! wie das riecht! wie das dampft ... Nach Dampf schmeckt's, ein süßlicher, schwerer Dunst, mußt du wissen, beinah wie Weihrauch. Unverkennbar. Kein parfümiertes Kind ... ein dampfendes Kind, sage ich: verladen, bekifft, hat sich Mut angekifft, mit Shit! Voll Shit, dieses Kind! Denn das wird dann schon in den späten siebziger Jahren gewesen sein. Den trügerischen Siebzigern! Kurz vor dem Ende des rosenfingrigen Zeitalters, von dem ich dir sprach – bedenke es! –, du wirst vergleichsweise schon alt sein. Vergleichsweise ein Papa dem Kind. Schon ein wenig gewöhnt an das Abschleppen von Engeln aus städtischer Grünanlage – als wär's beinahe gewöhnlich geworden; eine Gewohnheit beinahe, kurze Zeit, dieses Einsammeln von Engeln auf gewöhnlichem Abendspaziergang, als wäre dein Heimweg von den nächtlichen Schatten lächelnder Engel gesäumt; käufliche Engel – für wenig! – billige Engel! – neugierige Engel, gelangweilte Engel, abenteuerlustige Engel, lustige Engel! Als hätten sie sich eine Weile allnächtlich zum Abschied versammelt – ein vergleichsweise langer Abschied: der lange Abschied der Engel von der bewohnten Welt. Engel, sage ich? Fleischgewordener Gips. Unwägbar geworden. Spätbarock. Rokoko. Mädchenhaft schier – kein Jüngling –, was da allein in der schon herbstlichen Nacht saß, fröstelnd, zusammengekuschelt auf einem eisernen Parkstuhl inmitten einer Versammlung kreuz und quer stehengelassener Parkstühle, im Rascheln unsichtbar fallender Blätter, ein verlassenes Kind. Haarig, rundlich, aufgeplustert. Die letzte vergessene Putte des Sommers im Park, ein vergessener Putto, Puto, den niemand will. Kein Wunder! Vorzeitig abgestürzt, im bläulichen Dunst des Hanfrauches, bruchgelandet; aus den Gipswolken gefallen. Gestrandetes Engelchen! Dich muß man hineinnehmen, bevor die Äquinoktialstürme dich beuteln, den Flaum dir zerzausen, heimnehmen!, ins Bett nehmen!, es ist doch schon schier alltäglich! Ja, was machst du noch da? Eine warme Stimme, überraschend tief, die das Geschlecht des Engels verriet – seine Geschlechtlichkeit – und daß er nur auf die Anfrage gewartet zu haben schien. Gewartet halt, wie Engel es tun. Nur auf die erste Berührung gewartet: kleinlaut plötzlich vor Erwartung, auf die Couch gekuschelt mit angezogenen Knien, damit der Mann nichts sähe von der Unbeherrschbarkeit der Erwartung! Und der Mann sieht's doch!, der Mann hört's an dem plötzlichen Quengeln der Stimme, der Mann ahnt's, beinah mit Schrecken, bei der ersten Berührung: Man ist der erste!, und das erste dabei verdiente Geld, man weiß es, nichts als ein Obolos an die noch kindliche Scham, aus

Selbstachtung, zum Selbstschutz, mußt du wissen, und keine Ahnung von den marktüblichen Preisen, und die unübliche Dankbarkeit ... Und so wirst du dich für den Rest deines Lebens an diese Geschichte erinnern, die du nie wirst erzählen können, denn es ist ja gar keine ... nur ein Fragment. Verschenkt! Dir geschenkt. Beispielhaft quasi. Fragmente mehrerer Geschichten im Grund ... Szenen, Beleuchtungen, ein Akt ... ein strafbarer Geschlechtsakt, ein verbotener Kuß. Nicht erwischt! Nicht erwischt! Die Geschichte eines Triumphs. Eine Geschichte später Wiederbegegnungen, viel später!, so daß das Gedächtnis zunächst versagt, und die Wahrheit allmählich ans Licht kommt!, die Lüge, die kleine – diese Fehldeklaration! –, und die Geschichte des Versuchs, die Geschichte zu tilgen: durch Wiederholung der Geschichte. Zu spät! Und so bleibt uns von der Geschichte letzten Endes nur die Erinnerung an den Kuß, den ersten Zungenkuß eines Kindes, ein krimineller Kuß, naß, abgrundtief, schlingend: dir geklaut, sage ich ... als wär's dein eigener erster gewesen? Und so wärest du zuvor noch nie geküßt worden? Und du wärest doch vergleichsweise schon uralt gewesen! Nein, das kann nicht wahr sein, und so würdest du dich bloß nicht mehr richtig erinnern, an deinen ersten Kuß nicht erinnern – nur an den ersten Kuß eines andern? Das darf doch nicht wahr sein! Du sollst dich erinnern! Wir wollen es so! Und so wirst du deinem Engel deinen Mund jetzt nicht gleich wieder entziehen, nur ein wenig schließen wirst du die Lippen, so daß er weiß. Du bist noch nicht einmal fünfzehn! Keine Ahnung von Shit! Von den Siebzigern nicht. Und so wird er, seine Lippen auf die deinen gesenkt – eine Ewigkeit schon! –, nur ein ganz klein wenig mit der Spitze seiner Zunge, beherrscht, denn er soll sich beherrschen können, wir wollen es so, über deine schutzlose Oberlippe züngeln, über den Spalt zwischen deinen Lippen züngeln, damit die Spalte, derart liebkost, quasi verführt – denn er soll es können! – sich spaltbreit, nur spaltweit öffne, in dem Spalt herumzüngeln wird er ein wenig, nur mit der Zungenspitze ein wenig in deinen Spalt hineinzüngeln soll er – deinem Zünglein auf der Spur: und da wäre keine Spur mehr? Keine Spur von Züngeln? Keine Spur eines Flammenzüngelns, entfacht von der Flammenspur seines Züngelns?

Verdammt!

Und – bis in den Bauch hinein, so daß der vor Aufregung lärmt!, bis hinab in die Lenden, so daß sie dir brennen, so daß Haut und Flaumhärchen sich dir kräuseln – als züngelte es an den Haarwurzeln dir! – und dich fröstelt, und es raubt dir den Atem, und so beginnst du unwillkürlich zu züngeln, geschlossenen Auges, als hättest du nie etwas andres getan – es züngelt aus dir! Verdammt! So daß es dir überall züngelt, wie es ihm überall züngelt von dem Züngeln, so daß er unwillkürlich in dein Züngeln hineinzüngelt, und du züngelst in ihn – und –

Ein Gebot wäre gebrochen? Das Schweigen der Engel gebrochen? Ein Siegel erbrochen? Und so wär' es ein Züngeln von Flammen aus dem einen vereinigten Leib, eine Feuersbrunst aus dem Leib, Leib und Leben verzehrende Brunst – nichts als Brunst? Und es wär' dir ein Greuel?

Nein! Nichts wird hier gebrochen, nichts sei dir zerbrochen! – wir wollen es nicht! –, da wachen die Engel. Wachsame, allwissende, verschwiegen lächelnde, himmelblaue Barockputten, geflügelte Säuglinge, unwägbar geworden, die zuschauen. Es braucht sie. Jederzeit, überall. Allgegenwärtige Schutzengel. Die die Zeit anhalten, damit die Stunde der Einkehr noch daure; die eine Sommerschwüle auf die Klosterbrüder senken, so daß sie über der Heiligen Schrift alle einschlafen; die den Dämon des Lachens verscheuchen für die Dauer der Schwüle, dieser geheiligten Stunde des Schweigens der Rede! Denn es wäre ein Greuel, wenn ein Lachen jetzt losbräche, hinter der neumodischen Wand hervorbräche, einbräche ausgerechnet jetzt in die größtmögliche Stille – von nirgendwoher, nicht zu orten, als wär's eine verborgne Maschine –, der Lachende Hans im Baum ohne Hans wär's: daß nichts die Stille jetzt breche, die mehr ist als Schweigen von Rede! Da wachen die Engel, die die Kirchenglocken festhalten, wie Trapezkünstler an den Klöppeln, damit nicht zur Vesper geläutet sein kann: und zwei fehlten! Zwei Brüder würden vermißt, zwei Pflichtvergeßne, Weltvergeßne, Selbstvergeßne, übermannt von der Schwüle – und es klopfte der Abt? in Sorge um die Reizung der Blase? Das sei ihm verwehrt von den Engeln, die wachen. Wir wollen es so, und es ist das geringste. Denn längst steht die Zeit still – nunc stans! –, als daure dieser Kuß ewig. Nur wissende Engel kennen die Dauer. In Minuten zu messen. Engel mit Stoppuhr. Kundig der physiologischen Phasen, ihrer möglichen Dauer. Daß es nur nicht zu rasch geht! Daß nur nichts zerbricht! Der vereinigte Leib nicht zerbricht! Denn – die Engel wissen es doch! – schon lauern unter der Oberfläche der Haut die Säfte, hervorgelockt aus der Tiefe der Drüsen vom Züngeln der Zungen, schon stürzt aus allen Poren der Saft der Erhitzung, dieser Dunst der Erregung, sogar Engel vermögen's zu riechen, so müssen die Engel jetzt bremsen. Pneumatisch. Damit nichts zerbricht! sage ich. Wir wollen es nicht, deine Engel! Daß dein Engel – denn er sei einer der unsrigen, wir wollen es so – jung, wie er ist, verrückt nach dir, wie er jetzt ist, denn jetzt ist er verrückt von dem Züngeln, wer wäre es nicht – jung, wie du bist! zum Verrücktwerden züngelnd! – daß er jetzt nur nicht, als wäre er tatsächlich verrückt, wie besessen, als führe der Dämon in ihn, von einem Anfall gepackt, geschüttelt von einem Lachkrampf und Weinkrampf zugleich, in krampfartigen Zuckungen über dich herfällt, ja, zusammenbricht über dir, schluchzend an deinem bloßen Hals, so daß du zu Tode erschräkst – als erstickte er gleich! – als stürbe er dir! – als hätte er sich verletzt, an dir zu Tode verletzt, an deinem Pfahl verletzt! diesem Stachel dem Fleische! Splitter dem Auge!, und du wärest schuld, und sein Blut käme über dich, vor der Zeit, körperwarm, stoßweise, als käm's aus der Schlagader. Nein! – Engel! Daß er jetzt nur nicht versucht, in seinem Drang, womöglich einzudringen in dich, verrückt nach dir, wie er jetzt ist, besessen von dem Dämon, dich zu besetzen, dich zu besitzen, gewaltsam, wenn nötig, dich zu verletzen mit seinem unsichtbaren Pfahl!, Stachel deinem Fleisch!, gehärtet zu einfältigem Gebrauch! – als gäb's keinen andern Gebrauch! als müsse es sein! als wär's der Natur gemäß! – Nein! Daran ist doch nicht zu denken! Es wäre dir – Splitter im Auge! Es zerbräche dich innen, alles zerbräche dir, das muß er doch wissen! Verrückt jedoch, wie er jetzt ist, wer wäre es nicht, ist kein Verlaß mehr auf Wissen. So brauchen wir Engel, nichts als Engel!, die Generalmobilmachung aller Engel! Und die mögen jetzt deinem Engel die Hand führen – nur die Hand! –, damit er's erfühlt, wo noch alle Angst sitzt, frühkindliche Angst, anerzogene Angst, frühstmöglich anerzogen, damit er's weiß: nichts als Angst dort! – damit du's ahnst: nichts als frühkindlich! vergiß es! denn viel Zeit bis zum Ende des Zeitalters bleibt dir ja nicht! – damit du ahnst, sage ich, der obszönste deiner Engel, am noch spröden Spalt deines Innern, den wir doch gerne erfühlen, vornehmlich beim ersten Mal: schon so weit? noch zu eng? nur zu spröd, da hilft auch kein Shit! – aber nicht mehr für lange! du sollst es schon ahnen, ja spüren, daß dort ein Fleisch sich einzuschleichen vermöchte – ja, möchte! – *ein* Fleisch werden möchte mit dir!, wie es geschrieben steht, und du möchtest es nicht? Die Vollendung! Doch wir sind erst am Anfang des Schönen. Und es soll kein Schrecken sein, keine schreckliche Zerrung! Keine Gewalt! Und so brauchen wir jetzt diese Engel, unbestimmbaren Geschlechts, fleischgewordene Schlagsahne, barockblau gefärbt, die herabflattern von einem gipsernen Himmel, als bröckelte in irgendeinem Gewölbe der Stuck, und herniederschweben auf den einen vereinigten Leib – in vielfältigem Züngeln vereinigt –, um ihn unablässig zu umflattern, Kühlung spendend mit dem Lufthauch ihres Gefieders, Furchtlosigkeit durch ihre spürbare Nähe, Ansporn durch dieses Flattern der Flügel, Weltvergessenheit durch dieses Rauschen am Ohr – ein Brausen von orgiastischen Orgelpfeifen im vereinigten Kopf, so daß er sich nicht vorzeitig trenne in zwei –, auf daß es beim unaufhörlichen Züngeln im vereinigten Mund und mit diesem Fingerspitzengefühl für die Spalten des Innern geschähe – an den Spalten geschäh' es. Im Innern.

Ein Unglück? Was dir geschähe? Ja, was denn?! Was ihm.

Eine urplötzliche Verschlingung der Zungen im gemeinsamen Mund, und es wäre kein fremder Geschmack mehr. Nichts fremd. Kein fremdes Gefühl an den Spalten, die sich urplötzlich öffnen, kein fremdes Innen, kein Stachel, kein Stechen, kein Brand in den Blasen, kein Stich in die Kammern. Kein Schmerz. Keine Spur mehr von Scham. Kein Ekel. Kein Lachkrampf, kein Heulkrampf, kein Starrkrampf. Kein Herztod. Kein Gedanke an Hirntod, an Kreuztod, Feuersbrunst, Blut aus der Ader, Verletzung und Sterben – noch nicht! bedenke es wohl! – kein Gedanke! kein Geschmack mehr. Nur Leere. Die heilige Leere. Sancta simplicitas! Eine simple Entleerung?

Was die Engel da sähen? Die aufgeregt flattern vor Freude, als würd' ein Kind ihnen geboren …

Das Bettlaken, lilienweiß unbefleckt, ein wenig verrutscht, klebt faltig an schweißnasser Haut. Eine blond gefiederte Arschbacke, die flattert. Eine sehr kleine Hand dort, die halbwegs verschwindet – wo sind denn die Finger? –, die Kontraktion eines Gesäßmuskels. Weiß Gott, warum das Gesäß sich in dem Augenblick so verformt, als wär' es die Pumpe. Ein Anblick für Engel! Das Zittern der Muskulatur unter der eigentümlich geröteten Haut eines für gewöhnlich blaßbleichen Rückens. Ein magerer Arm über vibrierenden Schulterblättern – Espenlaub! Espenlaub! – die kleine Hand verkrallt in dem Haarschopf – Strohschopf! Knabenhand! Knabentand! –

das Buch. Neben der halb-herzig verformten Backe. Zugeklappt, aber schwappend, wie auf Wogen, als wisse das Buch nicht, ob's nun zugeklappt bleiben soll oder ein aufgeschlagenes Buch sein will. Wo aufgeschlagen? Nicht bei Ezechiel! Bei keinem verpißten Propheten! Und da hörten die Engelchen, diese spätbarocken, gesamtgeschlechtlichen, ganzheitlich wachsamen: ob das Schweigen gebrochen wird, mit einem Wort? Ja, was wäre da denkbar als Wort? Denn am Anfang war doch das Wort, und ist da kein Wort, ist kein Anfang gewesen, als wäre gar nichts gewesen. Ein Laut? Ein Selbstlaut, ein Klanglaut, ein Öffnungslaut, ein Stimmlaut, ein Umlaut gar? Als wär' es ein Schmerz? Da ist doch kein Schmerz zu verschmerzen! Kein Wort, nur ein leises Klingeln, als wär's von sehr fernen Glöckchen. Altarglöckchen? Alarmglöckchen? Den Glöckchen von Schlittenpferden im Trab? Und ein deutliches Knirschen urplötzlich, als brächen die Kufen? Als liefe der Kahn, mit den Knaben, bei schneller Fahrt, jetzt auf Grund. Und – in dem leisen, kaum hörbaren Schmatzen, als wär's vom Gestade eines sehr seichten Teichs voller gefährlicher Untiefen, bei Flaute, urplötzlich ein deutliches Atemgeräusch, wie von einer launischen Böe im Geäst eines standhaften Baums, der die tauben Winde mit seinem Ächzen füllet, beinahe stimmhaft, aber noch vorsprachlich, als wär's die Endatmung: der letzte gemeinsame Atemzug. Und da sähen die Engelchen, christliche

Engelchen immerhin, Weihnachtsengelchen schier, das hölzerne Kreuz an der Wand über dem stillstehenden Bild, diesem Anblick für Engel – keine Bewegung mehr, nein, kein Flattern. Die Muskeln sind kontrahiert, die Härchen gesträubt, die Haut ist entzündet, der Schweiß ist ausgebrochen; nichts lauert mehr unter der Oberfläche, alle Poren sind offen, weit offen – gefährlich weit! vergiß es! verdammt! –, nur die Heilige Schrift bewahrt noch einen Nachhall von Bewegung: ein Schauer im Goldrand. Nichts sonst geschieht mehr in der sichtbaren Welt, nicht einmal die verwegensten Engelchen könnten jetzt sehen, was da geschieht, und so geschäh' es im Unsichtbaren, das Entscheidende – und Entscheidendes geschähe jetzt und wäre zu sehen – ohne weiteres! –, wäre es bloß zu sehen, was da alles geschähe auf einmal, alles auf einmal!, entsetzlich viel, mutmaßlich ein beinah untilgbares Unglück –

Als kochte die Milch über mutmaßlich.

Als flöge der Korken.

Man müßte es spüren: wärmer als körperwarm, heiß von der langandauernd gesteigerten Hitze im Innern, in dem Augenblick, da es geschieht, und es hört nicht auf! Rinnen und fließen müßte man's spüren, tropfen an Lenden, Bauchhöhlung und Bauch – doch dazu sind wir jetzt nicht in der Lage – du nicht, nicht ich, er nicht, nicht jetzt, die Engelchen? – Nur Engelchen könnten's jetzt riechen zumindest, als bitteren Dunst eines beißenden

Dufts, der aus den Bettlaken allmählich aufstiege zu dem schlichten, hölzernen Kreuz an der Wand, über dem stillstehenden Bild, diesem Anblick für Engel – christliche Engel immerhin! wissende Engel! –, nichts als ein Kreuz, ohne Heiland!, über dem aufgeschlagenen Laken: und du heulst nicht, vor dem Bett, auf den Knien?!

Nicht einmal ein Lachkrampf. Auf der Heimfahrt, dieser kläglichen Heimkehr ohne Ereignis. Kein Engel, kein Dämon. Nur ein schweigsames, halbwüchsiges Kind und ein stiller, unauffälliger Alter, einander gegenüber im Abteil. Kein Härchen als Andenken, ein strohblondes, drahtig und kraus, in einem Briefumschlag aufbewahrt, in einem eigens gefertigten Amulett später, auf der Brust, eine Reliquie – als Pfand – zum Beweis: stillschweigend gerupft und geklaut, mit einem Lächeln …

Zum An-Denken?

Du würdest's, ich weiß, nicht ertragen. Das Schweigen: gebrochen! Es würde ja nicht zu wahren gewesen sein. Das erste Wort! Das untilgbare Unglück! Der Schrecken, wenn's rinnt und noch tropft. Der Schrecken danach. Aus der gemeinsamen Benommenheit aufwachend, nichts als eine kurze, sehr kurze Benommenheit, in Sekunden zu messen, keine Ohnmacht, kein Tod – nur ein Schrecken? Ein gemeinsamer unterm hölzernen Kreuz ohne Heiland? Entsetzt nebeneinander im mittäglichen Licht? Am hellichten Tag! Was hast du getan! Ein Greuel dem Herrn – so daß es den Himmel zerreißt –, und das Biest verpißt dir die Schrift der Propheten, und er … was hat er getan! … was würde er tun? … Ja, würde er dir, noch bevor du kläglich zu erschrecken vermöchtest, noch bevor du zu Atem kämst für das erste klägliche Wort – ein Tuch! womöglich: ein Tuch! – sogleich, und für immer, den Mund zu verschließen vermögen? Immer wieder, sofort, sobald deine Stirn sich verdüstert. Als wäre gar nichts zu sagen – als bedürfe es nicht einmal eines Tuchs –, nichts als ein wortloses Wegwischen von deinem Bauch, rasch, mit dem Laken, der reinen Annehmlichkeit halber – wegen der Unannehmlichkeit dieses Zeugs, wenn's erkaltet –, eine fürsorgliche Geste, die sagt, was zu sagen ist: und nichts wäre gebrochen, dir zerbrochen, erbrochen, kein Siegel. Kein Wort?! Es wäre doch alles schon in den Augen zu lesen, wie in einem aufgeblätterten Buch, und für alle. Im Anblick, im Senken der Lider. In der plötzlichen – so grundlosen! – Färbung der Haut. Die verstohlne – im letzten Moment noch vermiedne! – Berührung. Im Gesicht steht's dir geschrieben! – als wär's noch die Spur von den Tröpfchen. Die Blutspur unter der Haut. Von dem Wild.

Und da wäre dann gar nichts zu bereden, besprechen, zu klären und erklären? Von wegen überreif … unreif … Überreizung und Schmerz? Wäre da kein Schmerz zu verseufzen, um wenigstens aus dem leeren Luftraum neue Kräfte zum Verschmerzen zu ziehen? Ja, wäre denn da nicht der Wunsch, sofort jedes Schweigen zu brechen – notfalls im hölzernen Beichtstuhl?

Beichten? Ja, was denn? Kannst du doch gar nicht, protestantisches Kind!, du kennst ja nicht einmal die einschlägigen Formeln. Gestehen? Im vertraulichen Gespräch, im blühenden Klostergarten, auf gewundenen Kieswegen? Ja, wem denn? IHM? Ja, was wohl gestehen – wie denn – wo wären da Worte –, und so entzöge er sich dem Geständnis, diesem Gestammel, lächelnd, nach einem letzten schwindelerregend langen Versiegeln des Munds, vorzeitig, im Grauen des Morgens – dieser Tageszeit der Vollstreckungen! – gleich nach der Frühmesse: eine Verpflichtung.

Und du möchtest den Schmerz nicht ertragen? Und wolltest nicht heulen, hemmungslos, über dem braunfleckigen Laken, dem verlorenen Haar, in dem bitteren Dunst, unter dem hölzernen Kreuz?

So lern es ertragen – und jetzt! –, du hast keine Zeit.

Jeden Schmerz. Jedes Zerbrechen, immer wieder, von allem, im Innern. Den Bruch. Geh nicht heim!, so unauffällig und still, zurück in den Kasten, den Schrank – wie der verlorene Sohn: als wäre es reumütig. Keine Reue! Für nichts! Zu spät! Du hast schon die Türe geöffnet!

Du bist verloren! Und du weißt es.

Was willst du daheim?

Muß ich dich … entführen? als lachender Dämon?

Ja, reis ihm doch nach, deinem heimlich Geliebten! – von dem du noch nichts weißt, so wie du da stehst, und ich weiß nicht einmal mehr, wie er aussah – und steig in den falschen Zug! Heidelberg? Tübingen? Göttingen? Münster? Berlin gar? Es ist immer der falsche Zug. Irgendeine große Universität, wo sie Legion sind. Und da irrtest du dann durch das Labyrinth der verwinkelten Gänge des Wissens, als wärst du ein Würmchen und als wär's eine Klimaanlage; und da wartetest du vor den Hörsälen der Hochschulen, mit weit offenen Augen, offenem Mund, klopfendem Herzen unterm achtlos entblößten Schlüsselbein – und weißt weder Name noch Anschrift – nichts mehr!, bei so vielen! Ja, wüßte der es vielleicht – oder ist's vielleicht der? – oder jener, der dich im Vorbeiflattern so anlächelt? Ja, und was würdest du sagen, mein Würmchen, wenn der dich regelrecht anlacht? oder jener dich geradezu anmacht? Ja, sag doch etwas! Und starre nicht bloß, an die Wand gestellt, stumm, mit offenem Mund, als wär's ein Gebot – wann brichst du es endlich? Antworte, wenn man dich anspricht! Wem, fragst du?

Nur Mama und Papa? Und die fragten dich nicht? Nie? Denn sie sähen es nicht? Nichts? Unfähig dazu? Blind? Denn es interessierte sie nicht? Du liebst! Und statt daß du lernst, es zu ertragen, lernst du weiß Gott was. Vergiß es! Dein Schulwissen – verpiß es! – deine Bücher, die falschen! Vergiß das Mysterium Mortis, die Heilige Schrift, die verpißte!, Mama und Papa, die Lehrer, die falschen!, das Kloster, diese Enttäuschung!, deine Vaterstadt, deine Muttersprache – du hast ja noch gar keine Sprache! Und –

Küß mich! Komm! Küß mich! Jetzt! Hier – zwischen Schreibtisch und Sekretär.

Und du wolltest nicht? Denn du liebtest mich nicht?

Natürlich liebst du nicht mich. Das wissen wir schon, wird doch gar nicht verlangt. Wer würde denn so was verlangen: die große Liebe eines vierzehnjährigen Kindes – vierzehneinhalb, ja, ich weiß –, wo führte das hin? Noch wächst du ja!, und ich bin drei Jahrzehnte älter als du. Und wenn du mich auf den Mund küßt, so stinkt's. Denn wie soll man's ertragen, ohne zu saufen! Ein Gläschen Portwein wenigstens … da gab's doch mal Portwein in dem Schrank … Sherry? nur Whisky? Cognac? auch recht … nur ein Gläschen, und noch eins. Schau doch nicht so! Laß mich saufen! rauchen! und eine nach der andern … wenn du mich nicht küßt. Ja, ich weiß: Meine Zähne sind rußschwarz vom Höllenrauch. Schadhaftes Zahnfleisch – von dem tiefen Biß, wie du weißt. Abnützungserscheinungen. Vom Knirschen der Zähne. Alles nützt sich ab, der Natur gemäß. Meine Augen halten den deinen nicht stand, die Lider beginnen zu fallen. Das erste Lifting vonnöten. Erschlaffende Haut. Schlecht alternde Haut. Und von der Haut hängt's doch ab, ob's zu einer Affäre kommt, oder vom Geld, Geld oder Haut! ... Nein. Keine Affären zur Zeit. Verdorbene Ware im Park, egal wo. Mit sechzehn schon übers Verfalldatum hinaus: best before! Du müßtest heute tatsächlich auf Kinder zurückgreifen, die Kinder dir greifen, bevor sie sich vorsätzlich vergiften, und: einsperren!, zu exklusivem Gebrauch. Was Apartes für mich ... aus 'm Osten? ... ein unschuldig Russenkind, ein Süßer aus Tschechien, den kleinen Grauen aus Polen vom letzten Jahr, oder den goldenen transsilvanischen Vampir ... weiß Gott, welche Mafia du dir da einhandelst! Nein. Der Markt ist versaut. Nichts. Nur die schlechte Luft übelriechender Großstädte. Keine Bewegung. Dieses Sitzen am Schreibtisch, egal, wo der steht. Mein Sitzfleisch besteht nur aus Fett, mit deinem Ärschlein überhaupt nicht zu vergleichen, und noch immer so geil: arschgeil, zur Unzeit, da kann man das Fett am Arsch nur hassen!, den eigenen Arsch hassen! Keine Muskeln! Ich bin so unsportlich wie du, mußt du wissen ... doch bei dir ist's kein Schaden. Ein Vierzehnjähriger – vierzehneinhalb, ja, ich weiß – muß noch kein Muskelmännchen sein. Du bist nicht der Typ dazu, ein anderes Schönheitsideal, von Bodybuilding kann bei dir ja die Rede nicht sein, gibt's noch gar nicht! Ich darf dir doch mit dem Heute nicht kommen, ich glaube, wir sagten es schon … Oder soll ich … dich ins Heute entführen?, die Uhr anhalten?, beschleunigen?, durchdrehn … dir die Uhr aufziehn, den Marsch in die Zukunft dir blasen, dir Feuer unterm Arsch machen … unter Johnny dich legen? Bodybuilder aus NYC, unter dem ich vor Jahresfrist beinahe gänzlich verschwand, als wäre ich beinahe du, und du verschwändest tatsächlich zur Gänze – gesichtslos –, denn du würdest – geküßt? Nicht bloß – befriedigt? Dich verkuppeln mit jenem dampfenden Kind? Auf Tobias dich legen, auf den ich mich vor einem Jahrzehnt geradezu schmiß, mit schon kopulierender Hüfte – oh! Engel eines Sechzehneinhalbjährigen! Ich meine: Idealgestalt des Teen-Angels! oder, wenn du lieber willst, verspätete Materialisation des romantischen Jünglings, obwohl Jugendlicher der Unterschicht – Stukkateurlehrling aus Liebe zum Gips – wie von Moreau gemalt! beim heiligen Sebastian! Und du wärest ihm keine unannehmliche Last? sondern … eine Lust? Kumpan? Kleiner Spielgefährte … Und ich würde euch bei dem Spiel quasi zuschauen, am Schreibtisch sitzend, in der leeren, kahlen Berliner Wohnung von damals, geradezu ideal für ein derartiges Spiel, mit dem eigentümlich schwarzfleckigen, mutmaßlich von hinten versengten Spiegel zwischen den Fenstern, vielleicht ein wenig eingreifen in euer Spiel, nach einer Weile … als handelnde Person: mich an deinem kopulierenden Ärschlein vergreifen, mich einschleichen dort, lägst du auf Tobias, als wärest du ich, und ich genöss' es, wenn du genössest, während er dich womöglich genösse, und so genösse ich abermals Tobias – den Sechzehneinhalbjährigen? den Sechsundzwanzigeinhalbjährigen? –, während du den Sechzehneinhalbjährigen genössest, und so genössen wir Tobias! ... und doppelt, denn natürlich, ich geb's ja zu ...

Nein!

Keine Objektkunst! Keine Konzept-Art! Vergiß die! Kaum bist du gekommen, schon gehn sie. Und hinterlassen ihre Botschaft. Einen Satz, unter Umständen. Eine Geste, ein Bild. Eine Empfindung ... du weißt dann, wie Babyhaut schmeckt, oder wie Gipsstaub im Engelshaar riecht, und vergißt's nie mehr ... Vergiß es! Es hat keinen Sinn, wenn du trauerst, den womöglich Geliebten nachtrauerst, den möglichen Liebhabern nachtrauerst ... deinem ersten, womöglich erst heimlich Geliebten nachtrauerst, für den Rest deines Lebens gar: denn behalten kannst du den nicht; der behält dich doch nicht; womöglich nicht einmal im Gedächtnis. Haut ab: nach Göttingen? Münster? Berlin gar? – ohne Name und Anschrift, als wär' er ein Engel. Kannst du nicht brauchen ... Engel? ... diese Bengel, die quälen dich bloß ... sonst kommst du nie zu deiner Sache, nur sie zu der ihren, wenn sie nicht blöd sind: zu der großen, schrecklichen Liebe eines geschlechtsreifen Kindes, das beständig nur kniet. Betet und kniet. Kniet und anbetet. Vor einem Bild kniet, von Moreau womöglich. Vor dem offenen Hosenschlitz kniet, bestenfalls!, auf dem Klo. Vor dem leeren Bett, dem verlaßnen. Vor dem Kreuz, dem hölzernen. Womöglich das Kreuz anbetet am Ende, das eiserne Wehrmachtskreuz auf der Gürtelschnalle eines beliebigen Strichjungen küßt, als wär's der Angebetete, vor dem Angebeteten kniet, diesem Engel ohne Namen und Antlitz, als wär' es der Heiland, auferstanden in der Maske des Henkers womöglich, der schwarzen; auf allen vieren im Finstern vor dem großen Unsichtbaren, dem Quälgeist, alles einsteckt und schluckt. Bestenfalls was zu schlucken bekommt beim Anbeten, was einsteckt beim Knien, was abkriegt überm Bock –

Du bist doch kein Masochist – du!

Komm!

Mißbrauche mich!

Sonst mißbrauchen sie dich. Nimm mich aus wie eine gemästete Weihnachtsgans, nach allen Regeln der Kunst, während du auf meinem Schoß reitest, so daß aller Verstand in die Hose mir abgeht, und du klammheimlich meine Taschen ausplünderst, meinen Schädel leerräumst, mir die Gedanken klaust, meine Geheimnisse entlockst, meine Samenblasen entleerst – Männer plündern!, du mußt doch Erfahrungen sammeln, damit du zu deiner Sache kommst! Mir entkommst … als wärest du irgendeiner, irgendein Wunderboy! ... aus dem «Superboy», den «Teen-Angels» entsprungen, nicht dem Familienalbum ...

Willst du mir entkommen? Meinem Hohnlachen entkommen? Der Geilheit entkommen? Dem üblen Dunst meines Stoffwechsels – denn weiß Gott, was ich da auszudünsten beginne, wenn du mir auf dem Schoß reitest und mich aufregst –, meinem Stoffwechsel entkommen?, meinem Schoß? Ins diesige Licht, zu den unsichtbaren Seglern, den himmelblauen Barockputten ... ins Kloster?, um mir zu entkommen?

Du entkommst nicht! Spätestens dort wirst du's erkannt haben. Den Engel erkannt haben. Du kannst ja nicht abhauen – in meine gummige Gegenwart? Wo sie Legion sind? Um geile Spiele zu spieln? Mit Hilfe des Gummis, diesem Verkehrsmittel der Zukunft, abheben, als wär's eine Zeitmaschine, ein Gummi mit Flügeln, ein geflügeltes Toy ... irgendein Boy-Toy ... ja, wie denn? Wohin dann? – nach Heidelberg? Tübingen? Berlin gar? nach Amsterdam?! Gäb's das für dich schon? – Nein, du kannst nicht verlorengehen, im Hanfdampf, im Opiumdunst, im Engelsstaub, im Schnee, in Ecstasy, auf dem Herointrip, als gehandelter Knabe im Boy's House. Ach, du würdest sofort aufgegriffen, klein wie du bist, aus großbürgerlichen Verhältnissen, mittellos, rechtlos, als strafrechtliches Kind; postwendend nach Hause geschickt, per Schub.

Und es wäre das Brechen des Schweigens? Ein Geständnis? Heulend womöglich? Warum denn ... gleich in Tränen ausbrechen und alles verraten?

Du weißt, was dann passiert? Nein? Nichts Schlimmes. Fürchte dich nicht! Geschähe nämlich Schlimmes mit dir – der Gürtel des Vaters? –, du lerntest wenigstens hassen. Den Gürtel hassen. Den Schmerz am Arsch hassen. Den Vater hassen. Die Demütigung hassen. Von Herzen hassen. Internat? Knabenerziehungsanstalt? Da lerntest du das Schwüle in den Betten mannbarer Knaben kennen, beizeiten, Bettdecken zurückschlagen lerntest du, beizeiten zurückzuschlagen, Terror machen lerntest du ... Sexualterror? Als halbwüchsige Sexbombe. Aber nein! Nur den Rorschachtest lerntest du kennen. Die Bedeutung von Farbkleksen. Autogenes Training. Die Couch. Entspannungsübungen. Wie in Watte gehüllt im mäßigen Rausch der Tranquilizer. Nur Valium lerntest du kennen, beizeiten, und das wird doch so gräßlich langsam abgebaut!, so daß man's noch tagelang ausdünstet, wenn man sich trotz allem aufregt ... Nein, so entkommst du mir nie. Nicht rechtzeitig. Denn du mußt dich beeilen. Keine drei Jahrzehnte hast du Zeit – höchstens zwei.

Mit achtzehn mußt du voll da sein. Gut drauf sein. Ausgereift. Entscheidungsfreudig und selbstsicher. Dann hast du die Wahl. Du mußt ja wählen – halte dich an die Gesetze!, nur an mündige Bürger! Verführe jungfräuliche Zwanzigjährige reihenweise zur widernatürlichen Unzucht! Und laß dich nicht verführen von mündigeren Siebzehnjährigen! Denn du liegst im Trend. Üppiges Haar. Du sollst es lang tragen, womöglich, als einer der ersten, eine beinah nordafrikanische Haarpracht; und geblümte Hemden; knallenge Jeans; mit Blümchen bemalt; an den richtigen Stellen zerrissen. Da könnte niemand mehr ... nein sagen? Warum denn nein sagen? Du wärst ja legal, beinahe vollkommen legal, solange du wählst und weißt, was du willst. Was willst du mit Kindern? Du bist doch der Kindheit entwachsen mit achtzehn! Der Erziehung entkommen, von den pädagogischen Gewalten befreit – maturus, das heißt auf deutsch, reif endlich, alles Gelernte sofort zu vergessen: daß es von dir abfließe wie das stinkende Naß gekippten Gewässers von 'nem Erpel, der auftaucht vom Gründeln! Laß dich nicht vergiften. Schüttle dich! Plustere dich! Entsteige den Fluten als Phoenix! Und auch der letzten Schul-Pflicht, die dir noch bevorstünde – ich darf dir gar nicht davon reden –, leichthin entkommen! Verschwende keinen Gedanken an die Schule der Nation. Drohe dem Waffenplatzpsychiater – nein, schon dem Aushebungsoffizier bei der Musterung – mit der Massenvergewaltigung unberührter Rekruten unter der Dusche! Lege den Tatbeweis ab vor der Musterungskommission – da gibt's doch immer einen adretten jungen Leutnant der Sanitätstruppen. Eine Gefahr für die Truppe! Die Truppe keine Gefahr mehr für dich. Bis achtzehn aber besteht noch Gefahr ... für die andern vornehmlich, du bist eine öffentliche Gefahr für die andern! So wie du da stehst. Verhaftung, Verhör unter Anwendung psychischer Folter, jahrelang Zuchthaus, gesellschaftliche Ächtung, sozialer Tod für die andern! Gefahr aber, bedenke es, besteht auch für dich. Onanierende Gruppen, im Skilager, werden vom Rektor eigenhändig zerschlagen. Ein froschähnliches Männchen. Mit den Tatzen eines Maulwurfs. Das sich mit dem Zerschlagen onanierender Gruppen im Skilager öffentlich brüstet. Die Gruppe zerschlagen!, als wär's eine Truppe. Das MG-Nest ausgehoben. Die Schützen liquidiert, relegiert, verstoßen, dorthin, wo Heulen und Zähneklappern ist – von der Schule verwiesen, als gäb's keine besseren Schulen, als wären nicht beinahe alle andern Schulen besser gewesen als dieses Humanistische Gymnasium im Zustande fortgeschrittener Demenz ... Aber sei dennoch ein wenig vorsichtig. Was willst du deine Matur aufs Spiel setzen, ein Jahr verlieren womöglich, noch ein verlorenes Jahr mehr! ... Paß ein bißchen auf, müßte man dir sagen, und mit einem Lächeln, und du wüßtest nicht wie? Gehöre nicht zu den onanierenden Gruppen im Skilager! Was hättest du noch davon. Mit schon fünfzehn, mit sechzehn. Du wärest doch weiter, längst reifer, paß auf! Du hast deinen Engel erkannt!

Jetzt hättest du nämlich, müßtest du wissen, ein

Geheimnis zu wahren, zum ersten Mal im Leben! Und du wirst es schon ahnen bei deiner unauffälligen Heimfahrt ohne nennenswertes Ereignis, ein großes Geheimnis!, den andern voraus! So lerne es hüten; als wär's tatsächlich ein verborgenes Amulett auf der Brust. Sei stolz!, allein unterwegs; nachdem du deinen lachhaften Schützling auftragsgemäß in den richtigen Zug gesetzt hast, nach Emmerich – siehst du, daran erinnere ich mich noch! Emmerich! Aber keine Erinnerung mehr an deinen Engel! Nicht, wie er aussah, geschweige denn hieß, nicht, woher er kam, wohin er ging, wie er sich bewegte nicht, und er muß sich doch bewegt haben!, nicht, wie er sprach, was er sprach, er muß doch gesprochen haben, verdammt!, nicht, wie er aß – wie er roch? –, was er trug? Außer dem heiligen Rock natürlich, in den Zeiten, da man den Rock trug – aber darunter? – nichts als ein Engel eben: Verkündigung dir! Und nur dir ... nachdem du also den lachhaften Alten sofort vergessen hättest. Aber ja, vergiß das schreckliche Lachen sofort!, diesen Hohn jedem Lachen!, vergiß den, der so lachen muß! Wie alle von schlimmen Dämonen Besessenen, von schadhaftem Stoffwechsel Gequälten, von Anfällen Gebeutelten, von Krämpfen Geschüttelten, mit Krankheiten Geschlagenen, der Begleitung Bedürftigen, zum Leben Untauglichen, Beschädigten, Häßlichen. Vergiß Emmerich! – mich! –, und sei glücklich auf deiner einsamen Bahnfahrt ohne Ereignis, zum ersten Mal ohne Begleitung auf Reisen, mutmaßlich im Spätsommer. Noch ist ja Sommer! Und du hättest deinen Engel geküßt! – und noch beinahe ein Kind! – und es hätte niemand gemerkt! – dein Engel ist dein! – und du wärest nicht gleich gestorben. Sogleich von einem Bann- oder Blitzstrahl getroffen vor dem dir, und nur dir!, bereiteten Lager, von einem Abt angetroffen, wie bei einer Reizung der Blase, von einem geheimen Fieber erfaßt, einer Krankheit erlegen, mit Aussatz geschlagen, mit einem Ausschlag an den Lippen gebrandmarkt vom falschen Kuß bei der Berührung des Lakens – nein, nicht einmal eine Ohnmacht, keine Trübung, kein Schmerz und kein Schrecken. Denn, mußt du wissen, und du wüßtest es jetzt, beim ersten wahrhaft gelungenen Liebesakt – es gibt auch Geschlechtsakte, die schrecklich mißlingen, wir sagten's wohl schon – ist der eigne Orgasmus kein Schrecken. Ein Orgasmus? Was sage ich da Häßliches?! Hast du einen Orgasmus gehabt? Eine simple Entleerung? Bist du gekommen? Unwichtig. Im Grunde kaum spürbar. Ein im gesteigerten Zustande höchster Erregung, dieser Selbstvergessenheit beim Erkennen des Engels – ein Engel! es ist ein Engel! –, beim Küssen des Engels – der Engel! Engel! – dem Bewußtsein entzognes Geschehen, oft ganz unmerklich und daher sogleich wiederholbar, mehrfach wiederholbar, ein mehrfaches Geschehen quasi, ja, warum nicht?, warum denn solltest du bei deinem allerersten Kuß nicht gleich in den Genuß eines Mehrfach-Orgasmus gelangt sein ... warst du nicht außer dir? War denn da keine Besinnungslosigkeit, langandauernd, mit rasendem Herzen, stockendem Atem, fiebrigen Lippen, so daß du dich kaum zu erinnern vermöchtest ... Ein Mythos, der multiple Orgasmus, ein Engels-Orgasmus, nicht einfach Wiederholung infolge starker Potenz!, kein Leistungssport!, eine Potenzierung des Höhepunktes, Steigerung über den Höhepunkt hinaus, von Höhepunkt zu Höhepunkt springend quasi ... wie das hochberühmte, mythische Phänomen des Kugelblitzes, der ja oft über fieberkurvenähnlichen Bergketten wahrgenommen wird, als von Gipfel zu Gipfel springendes Phänomen, oder auf Gartenhägen gar, von Zaunpfahl zu Zaunpfahl springend ... kein Strahl, eine Kugel, und springend, schier endlos, kein Einschlag, keine Entladung. Nicht einfach das Ende der Spannung – das naturgemäß unvermeidliche, rein physiologisch bedingte, schrecklich schale Ende der Aufregung, dieser Lust, als wär's nichts als eine Lustigkeit gewesen, eine kleine, wie beim alltäglichen Wichsen, oder bei einem Geschlechtsakt, der schrecklich mißlingt. Keine Leere danach. Kein Unglück. Keine subjektive Wahrnehmung allfälligen Ejakulats.

Ejakulat? Ein Geschlechtsakt? Was sage ich da!

Ein heiliges Wunder, unter dem christlichen Kreuz an der Wand, diesem Symbol von Wiedergeburt, Auferstehung, ewigem Leben – wo ist denn der Heiland geblieben?! – entkommen!, und auf den Knien. Gegrätscht ist's erst das Wahre. Laß alles fahren dahin … Lasciate ogni speranza! … Flecken? Da kann man nur lächeln … oder regelrecht lachen: wie trunken, verladen, bekifft wie ein dampfendes Kind, im heiligen Rausch, das nun entjungferte Laken am Mund. Das weiße Lachen, das heilige. Kein Wort vonnöten, kein Heiland. Kein Schweigen zu brechen. Kein Knochen. Keine Scham danach. Kein Entsetzen, nein! Dein Engel kann dich gar nicht verstoßen haben – in plötzlicher Panik, nach einem plötzlichen, einsamen, schrecklich mißlungnen Orgasmus; aus dem Zimmer geworfen, die Tür zugeworfen, dich verworfen, verraten, beim Abt verpetzt – wegen einer Reizung der Blase? – ein petzender Engel? – wir wollen es nicht! –, du wärst mir sogleich gestorben. An einem Herzschlag verstorben, bei all dem Herzklopfen vorher, wie jener kleine Vogel, dessen Herz zu schnell schlägt bei der Balz, so daß es ihn umhaut, wenn sie mißlingt. Den Sekundenherztod gestorben, wie man den Voodoo-Tod stirbt. Du bist aber nicht gestorben! Das ist Fakt! Wir wollten es nicht! So sei glücklich!

Alles Herzklopfen umsonst. Alle Scham vor dem Öffnen der Türe – umsonst! Alle Angst – umsonst! All dies Unglück, diese Erbärmlichkeit, dieses unerfüllbare Sehnen mit hängender Lippe, verrutschtem Pyjamakragen, entblößtem Schlüsselbein, gesträubtem Haar – dieses Sträuben, verstört – beim heimlichen Sehnen gestört – umsonst!

Eine unnütze Verstörung! Du hättest's erkannt, zu erkennen gehabt – wir wollen es so: deine Engel; die Engel der Geschichte wollen's doch so –, spätestens auf deiner einsamen Eisenbahnfahrt ohne Ereignis und Wahrnehmung, deiner allerersten einsamen Fahrt, und mit einem Gefühl der Errettung: entkommen! erlöst! dem Kreuz entkommen, den Maschen des familiären Netzes entkommen, der Schule der Nation entkommen, der Natur entkommen, dieser Gebärmutter! – der Gebärmutter entkommen, dem Muttermund, diesem Schoß –, mit Hilfe des Engels; deines persönlichen Engels; der Botschaft des Engels. Denn der Engel ist nichts als Botschaft, Verheißung: das Wesen der Engel. Von dem Engel erwählt, du! Ganz allein glücklich unter den wechselnden Mitreisenden, die keine Ahnung hätten von deinem Glück – verrate es nicht! –, das Glück eines gelungenen Mehrfach-Orgasmus? Mein Gott, das Glück eines Augenblicks, eines einzigen Augenblicks der Erkenntnis. Und so würdest du, ganz für dich allein, auf deiner einsamen Fahrt, an die nicht die geringste Erinnerung besteht – als hätte es keine Heimfahrt gegeben? – doch es muß eine Heimfahrt gegeben haben, denn es wird eine Heimkehr geben, es muß! das ist Fakt! –, dir nichts als das Glück eines barocken Augenblicks zu vergegenwärtigen versuchen, ohne Wahrnehmung allenfalls

Mitreisender, naturgemäß verstreichender Zeit, vor den Fenstern vorbeifliegender Welt – quasi abgehoben, du! –, um dich zu vergewissern, daß du's nicht geträumt hättest … die Heimfahrt verträumt? Die Hinfahrt geträumt? Vom Engel geträumt? … Dir das Barocke erträumt unterm Kreuz, diesem schlichten, dem strengen? Das Strenge erträumt? auf den Knien? gegrätscht? gebückt? schlicht gespreizt, auf dem Rücken, dem Bauch gar? Das Mehrfache? Das Wahre? Und keine Hüfte verrenkt bei dem Segen? Kein Knochen gebrochen, kein Härchen gekrümmt – nicht einmal ein Härchen! Kann es denn wahr sein, das Glück, nichts als ein Augenblick, wirklich, unwirklich, ist's wichtig? So daß ein Lächeln in deinem Gesicht aufschiene, das mönchische Lächeln eines wissenden Kindes, das niemand wahrnähme im Abteil des Zugs, während dir ein wenig warm würde im Schoß, bei all den Vergegenwärtigungen im Kopf! – von dem Engel im Kopf würde dir warm im Schoß! – ein Engel? ein Mann! – du hast einen Mann im Kopf, Kind! – nichts als Männer im Kopf künftig! – denn alle Vergegenwärtigung ist nichts als im Kopf – und es ist nichts als im Kopf! – ein besondres Geheimnis, dein großes Geheimnis!, so heilige es!

Warum denn abhauen?!

Lern damit leben. Du bist schwul. Noch ist's das Besondere, und man mag's nicht, wie alles Besondere. Noch ist die Zeit nicht reif – du bist reifer. Und du weißt es. Erwachsen werden heißt, mit Geheimnissen zu leben. Du kannst nicht einfach zu Mama und Papa heimkehren und aus der Schule plaudern, diesem Kloster des Lebens …

Du willst nicht mehr Pfarrer werden? Nicht katholisch werden, nicht heilig, nicht koscher? Den Glauben verloren? Eine Enttäuschung erlebt? Was willst du denn werden? Was wird nun aus dir?!

Verrate dich nicht! Es wäre gefährlich.

Du bist kein kleiner Lügner, ich weiß; du konntest nie mogeln, du magst nicht, du schämst dich. Du würdest, ertappt, vor Scham sterben. Du mußt ja nicht unbedingt Pfarrer werden, Sozialarbeiter im Grund – du?, ausgerechnet?, wer würde so was verlangen. Eine rein wissenschaftliche Laufbahn. Lern ruhig Hebräisch, und behalte mir ein wenig davon im Gedächtnis, zum Spaß! Lies die Heilige Schrift, eine interessante Schrift – und vergiß mir nicht alles! –, aber bete nicht mehr zur Nacht! Bete nicht mehr! Bekenne dich nicht! Lern es genießen! Und wachse ein wenig, so daß man's auch sieht! Geh in die Schwimmbäder, lern schwimmen! verdammt!, springen! verdammt!, vom Dreimeterbrett, damit man es sieht: keine Wasserscheu mehr! Bräune dich, sanft, in den Badeanstalten, im Sommer. Leg dir ein paar Muskeln zu, auf natürliche Weise, ohne Anstrengung, durch regelmäßiges, zügiges Schwimmen. Bau dir ein Kapital an natürlich gebildeten

Muskeln auf – als Glücks-Kapital! Liebes-Kapital! – trink Milch! wegen der Aufbaustoffe! – und zeig dich: auf den Sprungbrettern wippend, auf den Liegewiesen der Badeanstalten dich räkelnd, im Winter im städtischen Hallenbad. Ja, geh ins Hallenbad, jede Woche mindestens einmal! Daß du plötzlich gegen jede Gewohnheit regelmäßig ins Hallenbad gehst, wird Papa sehr freuen, es ist doch gesund!, und das Hallenbad, mußt du wissen, ist in jeder Stadt ein traditionsreicher Ort. Wie konnten wir's nur vergessen! Verdrängt? Ein Greuel? Ein mit derart schrecklichen Erinnerungen besetzter Ort, daß wir das Hallenbad schon nur als Möglichkeit für dich glatt verdrängt hätten, als wär's nichts als ein Greuel? Nichts als die entsetzlichsten Schulerinnerungen dort – quasi paramilitärischer Vorunterricht! als ging's um nichts als ums Tauchen nach feindlichen Minen in heimischen Gewässern, für den Rest deines Lebens? Vergiß es! und versöhne dich mit dem Hallenbad. Damit es in deiner Biographie ein positiv besetzter Ort sei. Ein sakraler, geheiligter Ort, besetzt mit der Erinnerung an heilige Schauer – kein heilloser Schrecken! Vergiß den heiligen Schrecken! Und schäme dich nicht unter der Dusche; zeig, was du hast; wenn du spürst, daß man's zu schätzen weiß, alles: Intimhygiene ist Pflicht, für einen Arztsohn wie dich! Seif es ein, gründlich, wenn du den Blick spürst, und den spürst du natürlich – das wissen wir jetzt! –, bis es sich ein wenig entspannt, ja ausdehnt, unter Umständen, wenn du den Blick spürst!, geradezu wächst in deinen Händen, derart erwärmt nach der Kälte des Wassers. Und vergiß mir den Spalt nicht, Bub, zwischen den Backen!, mit der Kante der Hand, ja, abwechselnd mit beiden Handkanten; das ist nicht nur hygienisch, sondern auch angenehm; unter einer heißen Dusche besonders; und mit viel schäumender Seife; so daß es unter Umständen hörbar leicht schmatzt. Dabei brauchst du über deine trotz allem noch schmale Schulter hinweg gar nicht zu lächeln; beachte den Blick nicht, den du spürst, betrachte nur dich. Konzentriert auf deine Intimpflege, diese Annehmlichkeit. Das kurze, dunkle Aufblitzen aus deinem Augenwinkel, ein unwillkürliches Geschehen in dem Augenblick, da du den Blick spürst – sonst hättest du ihn nicht gespürt! –, wird der nun Halbwahnsinnige unter der anderen Dusche längst überinterpretiert haben, zugleich die Gefahr der Überinterpretation erkennend. Es darf ja nicht wahr sein! Nein, natürlich nicht, nie, ich weiß. Und so wird er, erst halbwahnsinnig eben, seinen Empfindungen nicht trauen, nicht seinen Augen – nur Dampf? Ein Wunsch nur in dem schwülen Dampf, der jeden klaren Gedanken trübt? Welch ein Zwiespalt! Welche Verwirrung! So schau ihn ruhig an; direkt in die Augen; wenn du endlich fertig bist mit deiner Pflicht, dieser Annehmlichkeit, und alles wieder umständlich verpackt hast im Höschen – ein klein wenig halbsteif noch, denke ich, nach all der umständlichen Pflege – und aufrecht, gefälligst! nicht einknicken! – und ganz ohne Lächeln, ohne Verlegenheit; kein flüchtiges Lecken der Oberlippe, es brächte den schon Halbwahnsinnigen wieder zu Verstand und weckte sein Mißtrauen: eine Falle womöglich, ein Köder, du! – wo lauern die andern? Wie wird der Hirschbock zur Strecke gebracht, kleiner Dieb, du!, kleiner Erpresser! – Cede Satanas! Cede! – Nein! keine plumpe Lockung, kein deutbarer Ausdruck. So wie du da blickst! Mehr braucht es nicht. Aber ein paar Sekunden lang. Bruchteile von Sekunden, die Dauer eines Blitzlichtes, die Dauer eines Lidschlags – eine Ewigkeit schenkst du dem Wahnsinnigen –, wir wissen doch, wie wahnsinnig solche Blicke sind, haftend in Ewigkeit. Er wird in seinem Wahn die kleine Verstörung in deinem Blick schon wunschgemäß deuten: es ist doch normal, es ist ja Wahnsinn!

Für den Rest, weißt du, gibt es Kabinen. Und so läßt du die deine versehentlich offen, nur einen Spaltweit, während du schon beinahe anfängst, dich anzukleiden – lang wirst du nicht nach deinen Strümpfen zu suchen haben, unter dem Bänkchen. Und wir wissen doch jetzt, daß du küßt, und wie. So besteht keine Gefahr eines unkontrollierten Urlauts bei der Detonation der dir freundlichen Mine, losgetreten quasi von dir, die an den Kacheln womöglich widerhallt. Hier hallt doch alles so schrecklich, und wir hassen es, dieses Echo im Chlorgeruch, auf Lärm empfindlich und schreckhaft wie wir sind, und seit je. So kontrolliere deine Liebhaber. Beherrsche sie, indem du sie küßt, als wär's für dich normal. Unablässig. Lasse sie nicht! Nein! Da hinten gibt's jetzt nichts ... zu fummeln?, zu fingern?, zu streicheln – ein wenig, vielleicht, auf annehmliche Weise, an den fest geschlossenen Rändern – verschließe dich dort!, bewußt und willkürlich! – denn es ist dein Allerheiligstes! – als wolltest du nicht, nicht jetzt, als wärst du gerade unpäßlich, als hättest du deine Tage – warum nicht auch wir? und dort! wo sonst? –, während du deinen Mund öffnest, weit!, um den Wahnsinn zu steigern: dieses wahnsinnige Fingern an verschlossener Pforte zum Höhepunkt hin. Dieser lautlosen Explosion – bis zu den Kacheln. Noch hüte, muß ich dir raten, dein irrtümlich bronzen genanntes Auge, als wär' es dein Augapfel, denn in diesem Zustande des Wahnsinns der an diesen Wahnsinn ganz und gar nicht Gewöhnten gäb's dort jetzt für dich nur einen heftigen Schmerz. So daß ein Echo wäre im Chlorgeruch! Wie wir's doch hassen! Womöglich gleich doppelt, doppelt gesteigert! Nein! Denn nachher gibt's für dich trotzdem ein Geld. Auch ohne Schmerz. Ein Trinkgeld? Nein! Schweigegeld? Schutzgeld? Taschengeld? Eine Art Finderlohn im Grund. Quasi Prozente des Ganzen. Du hast Anspruch darauf. Gib's zu verstehen, daß du's selbstverständlich erwartest – wortlos –, so wie du da stehst, Knabe!, schön und bedürftig! – enttäuschbar! –, so daß es von selber geschieht, halb noch im Wahn – viel zu viel! –, aus einem Gefühl wahnsinniger Dankbarkeit, rasch erwachendem Schuldbewußtsein vor allem, und im Bewußtsein einer geheimen Gefahr. Keine öffentliche, nein, sei eine geheime Gefahr! Meine Geheimwaffe, du!, meine versenkte Mine!, gegen den Chlorgeruch, der mich hindert.

Ohne Tadel und Furcht sei; vor niemandem; so wie du da stehst; am allerwenigsten vor dem Bademeister. Die Bademeister – ein weites Thema! Wie alle ausgebildeten Lebensretter, wie die Sapeurs Pompiers de Paris zum Beispiel: Sauver ou Périr! –, du müßtest sie mögen. Ich weiß, daß du sie magst! Ich seh's doch! Die Starken, deren Beschützerinstinkte du weckst – du mußt sie doch wecken, so wie du da stehst –, die unerschrockenen Starken, die großen Beherzten, so daß sie dich schützen. Ja, tragen, wenn du auf dem glitschigen Boden ausrutschst und stürzt. Retten, wenn du unterzugehen drohst, Wasser schluckst, dich beatmen: nur ein Beschützer, der Bademeister, wiederbelebt dich aus der Ohnmacht und geht?, trägt dich und legt dich?, rettet dich, läßt dich? Servir et disparaître? Es ist nicht deine Art, Kind, ich weiß, einen Lebensretter zu mißbrauchen. Chlor zu schlucken absichtlich. Not zu simulieren. Nicht nötig. Du zeigst dich, er sieht es und lächelt. Er will nicht? Selber schuld. Aber er lächelt – jedesmal, wenn er zufällig vorbeischaut, in der Dusche, und er schaut jedesmal zufällig vorbei, wenn du eben beschäftigt bist mit deiner Pflicht – und übersieht es. Schade im Grund – denn es wäre zu schön, doch es führte zu weit, ins ganz Unkontrollierbare führte es zu früh, ins Verräterische womöglich – verschlucke dich nicht, muß ich dir raten!, rutsch mir nicht aus!, geh mir nicht unter! – schade im Grund, wie gesagt: aber keine Gefahr. Im Gegenteil. Er bewahrt dich, durch seine diskrete Präsenz vor allfälliger Gefahr – vor dem gesteigerten Wahn, der Demenz, der Enthemmung, vor umherstreunenden Wölfli, die deinen Wahn dir mißgönnen, dir die Lust neiden, den Lohn neiden, das Spiel dir vergällen, dir den Genuß vergällen, würde er dich womöglich auch zu beschützen haben – meide die Schulbuben! den Mittwochnachmittag meide! –, überfordere ihn nicht, deinen Schutzengel im Chlorgeruch, er ist auch nur ein Mann! – ein richtiger Bademeister-Typ eben, südkalifornisch, zweiundzwanzig, wenn du Glück hast. Ein drahtiger, mißlauniger Alter, wenn du Pech hast. Dann mußt du lieb sein!, auffallend lieb. Tadellos unauffällig in der Schwimmhalle bist du ohnehin. Du lärmst nicht – wir hassen's doch so! –, du spritzt nicht herum, du raufst nicht im Wasser, du springst nie vom Rand – wohlerzogen, wie wir sind, artig, zuvorkommend! –, und ein guter Schwimmer wärst du inzwischen auch, anmutig, auffallend reinlich –

dem mißlaunigen Blick entgeht doch nichts! warum ist der eigentlich mißlaunig? –, und so müßtest du wohl, unter Umständen, nach einer Weile dein Auge öffnen für den: dein irrtümlich bronzen genanntes. Auf die Zähne beißen, tief durchatmen, in deiner gewohnten Kabine, übers Bänkchen gebeugt, gratis womöglich. Einmal pro Woche. Schon in der zweiten Woche tut's nicht mehr so weh. Nimm es als Übung, als gratis verabreichten Trockenschwimmkurs – es erspart dir den peinvollen Selbstversuch mit der Haushaltskerze, diese Verrenkung! – und verschließ nur die Lider vor dem und den Mund; mach die Augen ruhig zu und beiß dir auf die Lippe, als fürchtetest du schon im voraus den Schmerz – die duldsame Öffnung deines vielleicht wirklich bronzenen Innern, als Tribut für die Versiegelung seines Munds – er wird sich's verbeißen! – ist für den mürrischen Alten schon blauen Barockhimmels genug.

Und es macht doch Spaß!

So trocken?

Der soll sich hüten! Jede Verletzung deines geheimnisvollen, empfindlichen Innern, jeder ernsthaftere, länger andauernde Schmerz, jede Zerrung, jedes anhaltende Brennen hätte unabsehbare Folgen für ihn – Spucke tut's nicht! Er soll es wissen! Und so wirst du, in der dritten oder vierten Woche, dich schon gewöhnt haben, als wärst du auch dort ein wenig gewachsen, wirst du erstaunt denken, dehnbarer, du spürst's mit dem prüfenden Finger, herangereift eben! Du bist reif! und noch nicht einmal maturus! – so daß du beim fünften oder sechsten Mal, in der traditionell zu nennenden Haltung des Dulders, vornübergebeugt, das Höschen artig in die Kniekehlen geschoben – wegen dem als klassisch zu bezeichnenden Reiz gebildeter Oberschenkelmuskulatur, die Hände aufs Bänkchen gestützt, wie gewohnt, oder schon auf die eignen Knie wie 'n vorwitziger Marzipan-Putto auf 'ner Hochzeitstorte, ganz entspannt schon, die Augen geschlossen, damit kein Anblick dich stört, während vor deinem geistigen Auge, dem noch immer geistlichen, ein Engel sich über dich beugt, so 'n echter Bademeister-Typ halt, schier australisch, und in deinem bronzenen Auge, dem irrtümlich so genannten, der unsichtbare Balken steckt und stößt, und grad noch einmal stößt – urplötzlich, gegen jede Gewohnheit, und bis ins eigne Gesicht: so daß es dir sämtliche Augen aufreißt.

Mit einem heiseren Laut leiser Verwunderung, kein Hallen. Kein Echo.

Als wär's erst das Wahre. Ein wahrhafter Analorgasmus – ohne relevante mechanische Reizung des Glieds –, und mit kaum fünfzehn! Jetzt kannst du's jedem offenbaren, der dich zur Offenbarung reizt, und dir jeden Engel hineinziehn, wie Staub in die Nüstern. Engelsstaub, der sich ablagert in deinem Innern. Der Reiz stiege enorm, und mit deinem

Reiz auch dein Marktwert. Und so hättest du Spaß, bei all den geheimen Reizen – weißt du eigentlich, so wie du da stehst, wie reizbar deine Brustwarzen sind?, die Innenseiten deiner Schenkel, dein Bauchnabel, dein Nacken, dein unter Umständen geschwollener Damm?, deine reizenden Ohrläppchen – so wie du da stehst! – die Ohrmuscheln?, deine Achselhöhlen, wo's jetzt schon kräftig sprösse ... Spaß, sage ich, an deinem großen Geheimnis, in dem entsetzlichen Hallenbad, das uns doch ein Greuel war und noch ist und von jeher – auf Lärm empfindlich, wie wir nun einmal sind, Gfrörni naturgemäß, schnell erkältet, rasch unterkühlt, wasserscheu im Grund, menschenscheu, abgrundtief scheu, schier allergisch auf Chlor – und du röchst es nicht mehr? Denn es wäre der Geruch deiner Engel? Chlor-Engel, die sich in dem Geruch schon aufzulösen begännen, denn sie wären längst Legion, nur ein Geruch noch, der Geruch verlorener Engel, vergessener Engel?, vergeßlicher Engel? Vergißt du sie sofort, im Geruch der Umarmung, und alle? und alles? Nichts als ein Geruch – Chlor – ein Geschmack auf der Zunge – Chlor – auf der Haut: Chlor! – und bei allen – Chlor, nichts als Chlor – und in deinem Inneren Staub?

Geheimnisträger, ich weiß, müssen manchmal still weinen. Im Finstern, vorm Einschlafen, allein im Bett ihrer Kindheit, gekuschelt in die vertraute Höhlung vom eigenen Leib – vom eigenen nur!

Wegen dem einen oder andern müßtest du bestimmt weinen, wegen dem Bademeister gewiß, dem einen, dem andern. Wegen dem Typ oder jenem, denn es bleibt dir ja keiner! Keiner nimmt dich nach Haus! Keiner redet mit dir! Es traut sich doch keiner! Denn strafrechtlich, wir hätten's beinah vergessen, bist du ein Kind. Nichts als ein Kind. Eine Gefahr. Ein Skandal. Knast! Deinetwegen will doch keiner ins Zuchthaus, so weit reicht kein Wahn! Nein: kein Name! Kein Vorname! Kein Kosename! Keine Anschrift! Keine Telephonnummer! Nur – Engel? Typen. Der Italo-Typ; der nordländische Typ; der brünette Typ und der dunkelblonde; der blonde schwarzäugige Typ, der schwarzhaarige blauäugige; muskulöse Typen und drahtige, sehnige und stämmige, leptosome und pyknische, behaarte und unbehaarte, negroide weißhäutige, grünäugige zungenfertige, zärtliche und halsstarrige, Geizhälse und Halsbrecherische, Herzerweichende, Arschzerreißende, Krummschwänzige und Lahmarschige – hör auf! – willst du dich eigentlich faire enculer par toute la rive droite, als wärst du vom Glaibasel, hösch?! vorzeitig zur Stadtschwuchtel avancieren, als Fasnachts-Sujet am Morgestraich? Hör auf! Hör sofort auf zu weinen! Ich ertrage es nicht! Erträgst du mich nicht? Du mußt mich ja hassen! Daß ich dich so beuge, übers Bänkchen, übers Böckchen, so anmutig, noch vor dem gehässigsten Bademeister, dem Alten. Daß ich dich, ausgerechnet dich in den giftigen Chlorgeruch schicke! Daß ich dir Muskeln andichte! Ja, schier ein Schließmuskeltraining, eine Prostata-Massage, einen Analorgasmus! Welch ein Wort, welch ein Organ: die Vorsteherdrüse! Daß ich dich zum Lustknaben mache, im städtischen Bad, zum gemeinen Strichjungen, nur weil diese Karriere mir fehlt. Schmerzlich!

Eine steile Karriere bis an die Spitze subtilster Macht, durch Ohnmacht zur Macht! Wie sublim! Du! Hör auf zu weinen! Du hättest ja Macht, schier unglaubliche Macht für ein männliches Kind, Macht über die Männer. Sobald denen unter der Dusche der Schwanz steht, so hilflos steht der doch plötzlich vor dir, mit unwillkürlichen Zuckungen ohnmächtig bettelnd, und du ... bückst dich?

Danach kannst du alles verlangen von denen – oder, noch besser, ganz kurz bevor du sie einläßt. Und du verlangtest nicht alles? Nicht einmal zuviel? Beinahe nichts? Denn du hättest Erbarmen? Und du genössest es nicht, das Machtgefühl deines Erbarmens?! Denn dir geschähe ja nichts: mißbrauchtes Kind, geschändetes Kind, armes Kind! Und die: Zuchthaus! Ruin! Heulen und Zähneklappern. Unter die kalte Dusche! marsch!, wenn du nur willst. Den Daumen nach unten drehst, als Imperator ihres natürlichen Zeugungstriebs. Dich umdrehst und sie verstößt, zurückstößt unter die Herrschaft des kategorischen Imperativs ihres Zeugungstriebs, so daß sie quasi zurückstürzen müßten zu ihrem kategorischen Imperativ, und der Imperativ hätt' grad seine Tage? Und so blieb' nur – die Dusche?! Doch du willst nicht – nicht mit einem willkürlichen Lächeln verstoßen? – weil sie dich im Augenblick ihrer Schwäche erbarmen, ja rühren. Wenn sie zusammenbrechen, unter dem Imperativ gewisser Tage, über dir, deinem trotz allem noch zierlichen Rücken, so daß du sie trägst – erwachsene Männer! junge Ehemänner womöglich! – welch ein Reiz! – wenn es sie beutelt, als zeugten sie ein Kleines in dir, so daß es sie schüttelt, als würden sie dich, ihr Kleines, lautlos beweinen – vor Glück, weil du sie trägst! – aus Dankbarkeit, weil du dich ihrer erbarmst! So lern dieses Weinen vor Schwäche, aus Dankbarkeit, im Augenblick des Glückes, genießen – denn du machst sie schwach! Fix und fertig machst du sie! Gestandne Familienväter, Lehrer, Polizisten, Richter, Kompagniekommandanten und Korpskommandanten, Imperatoren und Kaiser, alle! – Und so müßtest du weinen? über ihre Ohnmacht? deine Macht? Denn – Macht *an sich* ist böse, hast du im Gymnasium gelernt. Jacob Burckhardt, du erinnerst dich. Und nun hättest du Macht!, absolute Macht, keine konstitutionelle Macht, nein, dir quasi von Gottes Gnaden verliehene Macht, deiner Natur gemäß Macht! – eine Naturgewalt, du! – schmächtiges Kind! Jedesmal, wenn du dich öffnest oder im letzten Augenblick die Tür deiner Kabine verschließt. Verweigertes oder gewährtes Glück, gewährte oder verweigerte Gnade, versagte Erlösung, verwehrte Begleitung, beinahe wie verweigerte Sterbehilfe. Und so wär' es zum Weinen? Zum Sterben? Denn du wärst böse, unversehens böse geworden, mit noch kaum fünfzehn? Und du genössest es nicht? Und ich wäre schuld? Denn ich hätte dich böse gemacht vor der Zeit? Und so wäre an Theologie nicht mehr zu denken? Denkst du! Es geht doch nicht um das kleine Glück der raschen Erlösung – urplötzlich – und: hoppla! – ins Auge gegangen! – womöglich zwischen Tür und Angel im Stehen. Das ist für die andern, die mal müssen, dem kategorischen Imperativ gemäß. Du mußt nicht, nicht mehr!, du hast den kategorischen Imperativ entmachtet! Auf dem Gipfel der Macht! Auf dem Höhepunkt ständig. In der Plateauphase zum mindesten: du kannst, wann du willst, wenn du nur willst, das passende Mandala vorm geistlichen Auge, irgendeinen … im Arsch … und ganz tief! … aber du mußt nicht …

Was wäre da böse?

Hör auf! So entkommst du mir nie! Wenn du dich plötzlich wieder schämst! Ja, schämst du dich denn deiner Plateauphase, als wär's nicht das Wahre? Wegen dem Geld, das du nimmst? Gib's dem Roten Kreuz. Für … irgendeine Sonderaktion. Gib's zurück! Nimm's nicht mehr an. Laß den Bademeister, den übelgelaunten, wieder ein, obwohl du längst nicht mehr müßtest, und gib ihm den Schein zurück, den er dir nun anbieten muß – aus Dankbarkeit? Schweigegeld! Schutzgeld! Tribut! Verzichte darauf. Der ist gewiß nie mehr übelgelaunt ...

Wohltäter du! Willst du ein Engel sein? Unbedingt?

So wie du da stehst?

So verschenke dich – wahllos – deine Macht stiege enorm: geläutert zur Engelsmacht, eine Himmelsmacht!, jedermann weiß es. Lerne es frühzeitig. In der engen Kabine, demütig übers Bänkchen gebeugt, unbesehen jedem, der will. Und alle wollen sie doch, von Imperativ keine Spur: sie wollen, was sie nie durften, wovon sie nur hörten, nur lasen womöglich – nur einmal, denn einmal ist keinmal, nur einmal einen noch kaum Fünfzehnjährigen, und von hinten, einmal nur von hinten – womöglich nur, um zu wissen, ob ein Mann dort enger gebaut ist als eine Frau; was mehr reizt, von hinten; Mann oder Frau; und nun wüßten sie's endlich: ein Junge! das Nadelöhr! schier zum Himmelreich ...

Nichts als ein Junge? Von hinten?

Und da käme doch einer und wollte mehr? Nämlich alles – wann endlich, fragst du, und: wer?

So verschenk deine Augen – alle – nicht nur dein irrtümlich bronzen genanntes – dem, der will. Verschenk deine Blicke, über die Schulter hinweg, egal wo. Überall und fortwährend. Damit du deinen ersten richtigen Liebhaber, ich meine: der alles haben will, alles auf einmal, auch rechtzeitig erkennst;

für deine erste richtige Liebesnacht: wenn möglich in einem richtigen Bett, einem breiten, bequemen, soliden, dem eignen; ich meine: dem ersten selber gekauften, im Hinblick auf sogenannt richtige Liebesnächte sorgfältig gewählten, und es soll nicht erst im Zeitalter des Wasserbetts sein! – nein – sobald du notdürftig legal bist. Dann wird sechs Tage Krieg sein … im Wasserbett? Meinst du, das hält? … Aufstand wird da herrschen, sage ich dir, unter der Jugend zum mindesten, ihrem studentischen Anteil immerhin. Jedenfalls wird die Phantasie an der Macht sein!, an den Hausmauern jedenfalls, wenigstens in Paris, in der Männermode bestimmt, soviel kann ich dir versprechen; geblümte Hemden, ich glaube, wir sagten es schon. Haschblümchen werden blühn, Hanfblättchen dir reifen, und er wird noch ganz unerfahren sein, vergleichsweise. Und doch schon so mündig! Dem Chlorgeruch entzogen? Der Sonne entführt, im Straßencafé verführt? Im Bus? Auf offener Straße … Wie banal! Nein! vor der Musterungskommission, wir sagten's doch schon, mit den Augen schier vergewaltigt: ein kleiner Leutnant; ein junger Bulle, bei der Demo regelrecht umgedreht; ein Bademeister, tatsächlich? Wir kommen nicht ganz davon los, aber ein echter müßte es sein, mit dem Thorax ausgebildeter … Beatmer? Delphinschwimmer? … Ein funkelnder Bauarbeiter, von luftigem Gerüst gezerrt nur mit funkendem Blick? Ein leuchtender Dachdecker, vom Himmel geholt? … Egal, im Grund, woher du den hast… danach fragen höchstens die Mütter, vergiß es! Denn du wirst weggegangen sein von zu Haus, egal wohin. Denn man muß weggehen, sobald man nur kann, in eine große Universitätsstadt, um zum Beispiel … Theologie zu studieren? Kann ich tatsächlich dazu dir raten? Oder Philosophie. Sinologie. Ägyptologie … Keine Psychologie, keine Soziologie, ich rate dir: nein! … Kunstgeschichte, wegen der Putten, als womöglich einziger Mann? Literatur, nein, können wir nicht gebrauchen. Anspruchsvolle Literatur, steht in der einschlägigen Literatur, ist systemstabilisierend … Architektur gar?, wegen der richtigen Gestaltung der Räume, Innenarchitektur, wegen der Gestaltung richtiger Betten? … Nein! Schnuppere von mir aus an allem, im Nebenfach, aber im Hauptfach widme dich ruhig deiner Theologie, mit Spezialgebiet … brauchen wir's noch zu erwähnen, kommst du nicht drauf, kennst du's nicht, als Fach, ist's denn noch gar keins, nichts als ein Fremd-Wort, bekämst du mir einen Zungenschlag bei dem Wort … nein, kein Grund, einen Zungenschlag zu bekommen, kein Zischlaut in dem Wort, Gaumenlaute nur, Vokale, Nasallaute, lallende Laute … Ist doch egal!, alles egal! verschenke dich dem, in der ersten Nacht. Und gleich alles. So daß der alles, was ihm zuvor geschenkt ward, vergißt.

Vergiß alles – was wir bis dahin gesagt haben –, keine Erinnerung nötig, nur Gegenwart. Und die

Gegenwart, das bist du – für ihn; ist er für dich; ist ein Bett, ein breites, sorgfältig gewähltes, oder schlicht eine Matratze. Am Boden. Herb und stabil. Und keine Engel vonnöten. Nur ER. Dein Mann. Eine Matratze. Ein Raum. Ein Zeitraum ohne Ablauf von Zeit, die Uhren halten den Atem an, wenn du nur willst: vergiß sie! Vergiß dieses Summen und Sirren, elektronisch, mechanisch, gestoppt!, dieses Rieseln von Sand!, dieses Herzklopfen der Sekunden und Schlagen der Stunden – wem gälte es noch? – nicht einmal eine Stoppuhr brauchen wir jetzt.

Zieh die Armbanduhr aus beim Sex! Es wäre ein Greuel!

Sex, sage ich – und du weiß ja noch nicht einmal, was ich sage! So wie du da stehst.

Und so müßtest du eigentlich Sexualkunde studieren? Hans Giese studieren, statt dem Mysterium Mortis, den Kinsey-Report, von vorne, von hinten? Sexologie studieren, mit Spezialgebiet Homosexologie, statt ... nein, das Wort verrat' ich dir nicht! ... Da bräuchtest du aber medizinische Kenntnisse! Ein wenig psychologisches Wissen, viel Soziologie, Statistik, Mathematik ... Nein! Vergiß es! Vergiß es! Und ...

Er über dir auf den Knien, gegrätscht, eine optische Verzerrung beim Lecken. Er – die Last auf deinem Rücken – wird schwer, und du gibst ihn nicht her! Er hat sich in dir vergessen. Er hat es in dir vergessen! Er schrumpft in dir. Er ist eingeschlafen in dir. Du schläfst mit ihm in dir. Er erwacht in dir! Er regt sich in dir, er bewegt sich in dir, er stöhnt in dir, er brüllt in dir! Denn es herrscht ja kein Schweigegebot. Löffelweis gleich, wie's in den Lehrbüchern heißt? Es mag auch die Missionarsstellung sein, beinahe klassisch, aber nur beinahe, denn es genügt jetzt nicht mehr, nur die Schenkel zu spreizen: Knie anziehn und ein Kissen ins Kreuz, wie's die einschlägigen Lehrbücher empfehlen! Du siehst ihn in dir! Er betrachtet sich in dir! Ein tiefer Blick in die Augen – sie werden barockblau sein, wir wollen es so –, so daß du dich spiegelst in ihm, er sich in dir – spiegelt? verliert? – während er tief eintaucht in dich. Sommersprossen ohne Zahl – der verschwommene Anblick einer gesprenkelten Schulter, die sich wölbt über dir, in dem Augenblick – ein Lallen im Ohr bei dem Anblick! – bis ans Ende der Tage! – denn der Augenblick ist nicht vergänglich. Er will nun auch mal! Es herrscht doch kein Redeverbot. So soll er sich setzen! Wie's in den Lehrbüchern steht! Sage es ihm! Denn er wird es nicht wissen, noch ist er's nicht gewöhnt, und nur so kann er dich nach eigenem Empfinden behutsam in sich aufnehmen, Zoll um Zoll, ohne Muskelschmerz, ohne Leiden. Das Gesitz dir zugewandt – oder das Gesicht? – Eigentlich geht beides, auch wenn's nur ein Druckfehler ist in dem Buch. So wirst du den Augenblick in ihm genießen, bequem auf dem Rücken ausgestreckt, weitoffenen Auges!, denn der Anblick ist nicht vergänglich! – ein eigentümlicher Augenblick: als ging's in die Tiefe, die Leere – tief in die ferne Höhlung des Bauchs, in verwinkelte Höhlungen. Er wird dich ganz leertrinken, und du ihn; im selben Augenblick – wir wollen es so! –, und du wirst dich nicht mehr verschlucken; und auch er wird es schlucken. Löffelweis. Und mit diesem Geschmack auf der Zunge, herb, in dieser herben Umarmung, wird abermals ein Augenblick Schlaf sein. Vom Schlaf übermannt, die Knaben, nach der schnellen Fahrt, in dem Kahn, der sanft in den Nachtraum der Welt treibt, in den Weltraum – ein Floß auf großer Entdeckerfahrt –, denn da wird nicht gestrandet! Keine Alarmglöckchen, die klingeln, kein häßliches Knirschen am Ende – kein Ende –, nur ein leises Knarren der Dielen, wie von festgefügten, geschmeidigen Schiffsplanken und Balken, die standhalten, bei der stürmischen Fahrt!

Zu schnell, wirst du sagen? Ja, was sage ich da: unvergänglich?

Wiederholbar, jeder Augenblick, jeder Anblick, beliebig.

Du wirst deine Morgenlatte, Schatz, von der du noch keine Ahnung haben kannst – so wie du da stehst! –, geradezu fürchten lernen, diesen Zaunpfahl des Leibes beim Erwachen am Morgen – oder am Mittag erst? – ideal für den verschlafenen Schenkelverkehr, der ohnehin noch nachzuholen wäre, der Vollständigkeit halber; im Halbschlaf noch; nach einem unwillkürlichen Positionswechsel im Tiefschlaf; denn Liebende, mußt du wissen, suchen einander fortwährend – wir wollen es so! – noch wenn sie träumen. Ein klebriges Erwachen am Morgen – erst übermorgen? – in einem Raum, der keine Tageszeit verraten darf – schaff dir Vorhänge an. Nacht jedoch – soviel Licht mag irgendwo eindringen – herrscht eindeutig nicht mehr. Es wird getagt haben, mutmaßlich längst. Und so wirst du um dein erstes gemeinsames Frühstück nach einer sogenannt richtigen Liebesnacht nicht herumkommen, und es wär' eine Brotzeit? Die Vesper?

Es herrscht ja kein Schweigegebot, du weißt es …

Und du hättest doch dem schon alle Geheimnisse offenbart – die geheimen Lehrbücher offenbart, die Augen geöffnet für alles, und alle – alle verborgenen Pforten geöffnet – Tür und Tor geöffnet hättest du dem! Alles draußen. Alle Blasen entleert. Was wäre da noch zu sagen? Ich weiß es auch nicht. Da kann ich dir mutmaßlich nicht helfen. Da bräuchten wir jetzt ein wenig … ein wenig … Soziologie. Ein kleiner Leutnant, sagte ich eben? Und schon wäre … Streit? Ein junger Bulle, ein quasi entwaffneter, schier entschärfter … Und schon beim Frühstück regte sich ihm die Ordnungsliebe? Ein schlechtes Gewissen? Pflichtgefühl? Fahneneid – vor dem Feind? – Fahnenflucht – vor dem Freund? Welch ein Zwiespalt schon beim Frühstück! Ein Baumeister, ein funkelnder ... und redete Mörtel? Ein himmlischer Dachdecker ... und hätte Ziegel im Kopf? Nein! Ein Bademeister ... Wir kommen nicht ganz davon los, wir sagten es schon, und womöglich mit gutem Grund, ein potentieller Lebensretter, Feuerwehrmann in unsrer Not ... ich meine, Retter der Situation ... Ein Psychologiestudent, damit der es wüßte? Medizinstudent gar? Du bist doch kein Masochist, ich glaube, wir sagten es schon ... du nicht! Theologiestudent? Wie du? Und schon beim Frühstück begänne eine ehrgeizige Disputation ... über die Leiblichkeit der Engel womöglich! Ein Schauspielschüler, und schon eine Szene, beim Frühstück? Nein ... ganz einfach ... ein Frühstückskellner! Einer, der schon instinktiv weiß, wie man ein Frühstück besteht – in stiller Präsenz. Und nicht bloß aus schlichter Erfahrung, sondern aus intuitiver Begabung, ja, aus Passion; ein passionierter Frühstückskellner, der dich die Erotik des Frühstückens lehrt, als Fortsetzung der Liebesnacht mit anderen Mitteln – dieses Leibäugeln mit dem Blauäugigen ein Eilöffeln lang –, denn deine sogenannt erste Liebe soll doch das erste Frühstück überstehn – wir wollen es so. Denn – halte es dir vor Augen! äugelnd beständig! wer es auch sei, was er auch sei, was allenfalls auch geredet würde oder verschwiegen – noch steht die erste gemeinsame Dusche bevor. Sobald der erste gemeinsame Hunger gestillt ist. Der Bademeister-Typ! Ich sagte es ja! Unter dem heißen, massierenden Strahl, im weißlichen Dampf, mit viel duftender Seife, und vergiß mir den Spalt nicht, Bub, zwischen den Backen – mit allen zehn Fingern! Vergiß mir sein Haar nicht! Er wird es kurz tragen, wir wollen es so, ein Leutnant, wir sagten es ja, und zwar wegen dem Anblick, wenn er dich in klassischer Stellung nimmt, ein klassischer Anblick, wenn er dich nimmt! – Oder möchtest du's schulterlang, wär's dir jetzt lieber, wie über Nacht gewachsen, aus Liebe zu dir, goldblonde Locken, um mit allen zehn Fingern darin zu schäumen? Vergiß seine Ohrmuscheln nicht! Klein sollen sie sein, knapp anliegend – wir mögen es so! Die Achselhöhlen – ach ja! – aber nur eine, damit die andre den Geruch dieser Nacht noch eine Weile bewahrt – noch ist zum Glück an ein Ausrasieren männlicher Achselhöhlen nicht zu denken. An ein Rasieren doch jetzt nicht! So vergiß mir die Bartstoppeln nicht, die rauhen – den Zweitagebart als Reiz an den schäumenden Händen – nicht die Flanken, die kindlichen, zarten, die vibrierenden Schenkel nicht, seinen Schaft natürlich, wir brauchen's kaum zu erwähnen, aber erst ganz zuletzt – und mit beiden Händen, bis die Schaumfetzen fliegen und er fast hinfliegt, aber nur fast. Halt ihn fest – sehr fest! – die Füße! mein Gott! wie konnten wir die Füße vergessen, die Zwischenräume zwischen den Zehen, vergiß mir die Zwischenräume nicht, Bub! – und alle – bis es schäumt zwischen euch und ihr fast hinfliegt, aber nur fast.

Ein Schaumbad? Wie banal! Unpraktisch schlicht.

Vergiß Badewannen! Bettgestelle, die womöglich kentern! Möbelstücke, die bloß unzweckmäßig im Weg stehen, Kissen genügen! Keine Teppiche, dunkle Holzplanken – oder gar Fliesen – wegen der Flecken! – Er muß für dich jederzeit greifbar sein, mitten im Reden zu küssen – sofort, wenn er den Mund auftut, tief! –, denn es steht im Grunde noch soviel bevor! Und es bleibt nicht viel Zeit.

Du sollst's doch bestehen, Schatz, ohne zu leiden! Wir wollen es nicht. Und so wird es unvermeidlich zum ersten gemeinsamen Urlaub kommen. An einem richtigen Strand – es muß ja nicht immer nur Chlorgeruch sein. Nein, Sand, soweit das Auge blickt! Unter südlicher Sonne: für deine dunkele Haut, seine goldene Haut, eine steife Brise vom Meer: für dein schwarzes Haar, sein goldenes Haar! Kein Binnenmeer, nein, ein Weltmeer: für das gemeinsame ozeanische Gefühl. Spanien? Ist doch banal! Und es wäre der erste Streit? Nein, kein Streit! Wir wollen es nicht! Ein Kompromiß, rasch: ein arabisches Land! Nordafrikanisch, auf dem Umweg über Spanien zu erreichen – mérite un détour! –, ein Abenteuer schier, touristisch erst aufstrebend, noch nicht fundamentalistisch verseucht – weder reisende noch harrende Massen! – ein individualistisches Reiseziel – doch es bleibt nicht viel Zeit! Marokko! Es bleibt nur Marokko. Denn es soll am Ozean sein. Wir wollen es so!

Und so stündet ihr, ein wenig bekifft, nehme ich an, nur ein wenig, vom bekömmlichen dürren Gras aus dem Rifgebirge ein wenig bekifft – lerne es frühzeitig! es steigert die Empfindung! die Empfindlichkeit deines Zwerchfells steigert's vor allem! –, er stünde hinter dir, nackt; denn noch ist ein nacktes Herumstehen an potentiell islamischem Gestade nicht gleich lebensgefährlich – nicht mehr, noch nicht wieder, doch es bleibt nicht viel Zeit! – und so lehntest du dich, nackt natürlich, an ihn, von seinen kräftigen Armen gehalten, rücklings natürlich; nackt, rücklings, in seiner Umarmung; er ist größer als du; hält den Kopf zu dir geneigt; geschlossenen Auges, die Schläfe an deinem Haar; die Nüstern ein wenig gebläht, die Lippen ein wenig geöffnet, als flüstere er dir leise ein Liebeswort in die Muschel. Nur für dich hörbar, beinahe unhörbar, nichs als sein Odem an deinem Ohr, und dieses Gefühl an den Backen; ein herbes Gefühl, nichts Unerhörtes, längst Gewohnheit, Selbstverständlichkeit schier! – und so blicktest du, ja, genau so: im Bewußtsein dieser Selbstverständlichkeit stolz! nur ein wenig bekifft, erhobenen Hauptes – denn dein Hinterkopf liegt an seinem Hals, der naturgemäßen Anschmiegsamkeit der Komplementärformen wegen – in die Ferne, hinaus auf ein unsichtbares Meer, den Ozean – denn wir wollen es so. Als stündet ihr ewig da – wie photographisch verewigt – zeitlos zumindest, bis –

Ja, was entstiege da urplötzlich der mäßigen Brandung? Was käme da aus dem Gischt, der Urflut des Ozeans? Schaumgeboren? Denn aus dem Schaum der Weltmeere kommt's, aus dem Wasser kam es seit je, so viel kommt noch auf euch zu – bis daß der Tod euch scheidet? Vereint? Nein! Wir wollen es nicht! Nur die mit dem Keil kämen da auf euch zu.

Auftauchend aus der mäßigen Brandung, diesem Gischt, mit dunklem, glitzerndem Keil; mit perlendem Keil; mit ihrem Keil kämen die euch, und sofort. Denn dein Liebhaber ist blond – wir wollten's doch so: groß, blond. Hell leuchtend von fern. Schulterlang goldblond jetzt, warum nicht, dem historischen Augenblick gemäß – eine nordische Haarpracht. Und weiß lockende Backen.

Von überallher kämen die, und urplötzlich, aus dem scheinbaren Nichts, dem Schaum entstiegen, den sandflirrenden Wanderdünen, ein Sturm, der Tanz der Derwische, euch umkreisend: das stolze Paar, das fremde Paar, das schwule Paar, nackt! – euch kämen die aber! Und fragten nicht lang – in der Höflichkeitsform womöglich: voulez-vous que je vous prends?, höflich, wie sie eigentlich sind, solange man sich höflich benimmt, und: bis man ja gesagt hat – Ah! oui! mon mâle! viens! –, eine Horde, von hinten!

Ein Dreier? Ungedeckt du! Im Rücken nur Gischt?

Und so stündet ihr – das seiner selbst bewußte, von allem Vorurteil befreite Paar aus dem hochindustrialisierten, fortschrittlichen Norden, noch vor der Ölkrise! – gegeneinander – eingekeilt; wie mit zuckenden, armdicken Ketten aneinander gekettet; eingeklemmt quasi; gepfählt. Und es wäre, für dich, nach allem, nichts als ein leichtes Blähen der Nüstern – kein Leiden! wir wollen es nicht –, nur ein kleines Verziehen der hervorragenden Lippe anfänglich, verborgen unter dem Schnäuzer, ich sagte es schon – wie ein unwillkürliches Fletschen der Zähne, als wär' es zum Lächeln –, denn es ist doch ein Keil! ohne Rücksicht! nur Spucke!, und eine überraschende Aussicht über die sommersprossige Schulter hinweg, ein ozeanisches Gefühl –

Wie Brandung. Aber unmäßig. Ein Anbranden. Ein Gekräusel von auslaufenden Wellen, und von neuem ein Anbranden. Schwere Brecher am Heck. Ein Ausbalancieren in den Kniekehlen, bei Seegang. Gischt, beinah überschäumend – ein ozeanischer Blick. Nachtschwarz. Kein Schließen der Augen bei denen, wenn ihr Keil endlich feststeckt – in einem weißhäutigen Touristen, egal in welchem; ein Hecheln und Lächeln, als freuten die sich. Als rächten die sich. Und du magst es leiden. Als wär's erst das Wahre. Verschenke dich denen! – tausendmal danken sie's dir, mit dem Glanz ihres Blicks, den sie dir schenken, kaum sagst du ja, höflich wie sie eigentlich sind – Ah! oui! – so verschenke dich tausendmal. Denn noch hast du Zeit, aber nicht lang.

Sag nicht nein! keinem! Frag nicht lang! nie! Meist fragt man ja gar nicht, fingert bloß, prüfend, unhöflich. Und du verschlössest dich spröd? Du müßtest's bereuen, für den Rest des Lebens all dies Versäumte bereuen – am Schreibtisch sitzend womöglich, egal, wo der steht, auf deinem geizig gehüteten Fleisch, nichts als Versäumnisse im Kopf. Den kleinen Libanesen im Kopf: ein enttäuscht kippender Keil, ein Lächeln, das aus dem Gesicht kippt. Stefan versäumt. Butter schmiert doch am besten. Und du wolltest es nicht probieren? Jungfernöl nicht probieren? Olivenöl, extra virgine? Nichts probieren? Den türkischen Mann nicht probieren, der doch erwartungsvoll lächelnd mit zwei Fingern schon heftig probierte, den Hahn bis zum Bauchnabel gespannt, und du wolltest den Hahn nicht – bis zum Bauchnabel, den Mann nicht im Bauch?! Nichts Warmes im Bauch. Nur die Botschaft der Engel im Kopf. Wortgeburt nur auf Papier, unbefleckt, gestrandet in deinem Kahn ohne Ladung, aufgelaufen auf der Sandbank deines Schreibtischs ohne Land –

Nein! Wir wollen es nicht! Sei, als Geliebter, deinen Liebhabern Gefäß und Gehäuse; Wohnstatt, wenn sie dir beiwohnen; Wohnung ihrer lächelnd vergossenen Nachkommenschaft, Hafen ihrem

Kahn, Silo sei ihrer Ladung, Endlager, Zwischenlager; Komposthaufen sei deinen Männern; Müllschlucker; Gully; Gülloch; Schoß deinen Liebhabern! Schlund. Grotte, tief im Gestein, Kaverne, Doline, Mulde sei ihnen, komplementär ihrem Leib, eine Hohlform, rettende Höhle, und labyrinthisch, ihren Spermatozoen! Schlupfloch ihren lichtscheuen Samentierchen! Sei Rachen den Tierchen, verschlingender, Halszäpfchen ihnen im Strom, Zäpfchen sei den Geliebten – nutze die Regeln des Gastrechts! und sei ihnen ein steinerner Gast. Nimm Wohnung in ihnen! Setze dein Holz! und sei ihnen fruchtbarer Boden. Drachenzahn sei und Saatkorn. Durchstoße die Krume. Sei Mammutbaum ihnen – Regenwald – Landregen – sei Der, der es regnen läßt über ihrem Land, ihrem Haupt, ihrem Antlitz, Sturzflut sei ihrem Antlitz! Sei Der, der ihnen den Himmel aufreißt, das A und das O! Sei ihnen das Ö und das Ö, das ÖÖ – im Fettnapf, Napf ihnen! – Beuys sei den Boys: oder Boy.

Nichts sei dir – unsagbar. Unsäglich! Unmöglich. Geht nicht! Verboten. Du sollst nicht! Lieber nicht. Nein. Du kannst doch jetzt – springen! Und sie seien dir: Ozean. Du – Meer ihnen! Das Meer in dir – sie! Und es schäumt zwischen den Nieren. Schaum rings. Dampf. Fruchtbarer Gischt. Planktonreich fluoreszierend. Kein Gestade. Soweit du auch blickst. Keine Küsten. Brauchst du nicht. Du mußt dich nicht festklammern. Die Felsen nämlich mögen es nicht ...

Als würden sie leben: ein schwarzes Glitschen der Leiber am Fels, im sprühenden Gischt pazifischer Brandung, heiseres Brüllen zum Himmel – als wär's in der Sintflut der letzte rettende Fels – vor lauter Getier an den Felsen kein Fels – schwarzes Getier!, die Seal Rocks! San Francisco! – du sollst es sehen, aber beizeiten!, und nicht nur einmal, als wär's bloß Verheißung, und nicht nur ...

Micheah. Frierend im salzigen Sprühregen, erschreckt von der brüllenden Brunst an dem lebenden Felsen unter windigem Himmel – kein Horizont, nur Gischt und Getier –, ein schüchterner, zierlicher Kellner. Verschreckter Begleiter, am Tag danach. Tanzendes Seepferdchen im bläulichen Licht eines Aquariums nachts. Mein erster und einziger ... Frühstückskellner, mußt du wissen! Woher sonst wüßt' ich das Wort. Mein kleiner Prophet! Kam so angetanzt quasi, ja, tanzte mich an, spät, in der ewigen Nacht dieser Stadt, einer der *kleinen* Propheten des Alten Testaments, wenn ich mich richtig erinnere, du weißt es besser ... Micha, auf deutsch, vergleichsweise friedfertig. Kein Schwert, kein Zerschmetterungsgerät. Eine Pflugschar? Ein Pfeil: lang, schlank und ganz schwarz. Gleichmäßig nachtschwarz! Mein erster Schwarzer! Und es bliebe dein einziger?! Und die ganze Nacht spitz! Und du wolltest's nicht einstecken?, bei dir behalten, so lange wie möglich?, so daß du was heimnähmst womöglich ... Warum nicht? Warum nur? An deinem Schreibtisch, das Gesicht in den Händen, auf der Couch womöglich, bis ans Ende der Tage, ein Stich nur ins Herz?! So laß ihn doch ein! ... Und du wolltest nicht wissen, wie's schmeckt? Nicht spüren, wie's in dich hineinrutscht ... lang, schlank ... bäuchlings auf dem breiten Hotelbett, die Beine gespreizt, über dir das Ebenholz einer Schulter, im linken Augenwinkel das melancholische Gesicht, still und nachtschwarz ... und ... da wolltest du nicht wissen, wie das irrtümlich bronzen genannte Auge in dem Fall tatsächlich gefärbt ist? Schwarz wie der Rest? grau? Weißt du's denn nicht, an deinem Schreibtisch ... auf der Couch ... auf altindischer Seide womöglich ... bis ans Ende der Tage ... weißt du's noch immer nicht?! Zart rosa leuchtend mutmaßlich – und du ließest es dir nicht leuchten? Weit aufgeblätterte Knospe im Schwarz ... entblättert von dir ... befruchtet von dir ... und unter dir das stille Gesicht, traurig noch immer? Erstaunt nur? Nur erschrocken? Verschreckt, schaudernd in der maßlosen Brandung, diesem Gischt. Nur das Gesicht nähmst du mit? Das Gesicht des kleinen Propheten aus der luftigen Stadt, diese windige Trauer, schwarze Melancholie, noch wenn's ringsum sprüht ... Und kein Zähnefletschen? Blinkendes Blecken der Zähne im Schwarz, wenn es spritzt ... Faustdick willst du's doch! Zaunpfahl der Finsternis!

nachtschwarzes Zerschmetterungsgerät ... daß es über dich komme!, dich spalte!, überschwemme!, unmäßig schäumend ... zum Himmel brüllend im Gischt ... an lebendem Fels, als wär' es der letzte, und rings nur Flut, und, rücklings im Sturz schon schnellend, bäuchlings gelandet, die Ladung! ... Und ... decken!, decken lassen!, knapp unter der gischtigen Oberfläche, wie die lustigen Seelöwen es tun, der Natur gemäß ... Und du könntest es lassen?, urplötzlich?, einfach aufhören beizeiten? Quasi prophetisch nur ein Gesicht bei dir behalten, es bei dir behalten? Mit knapp dreißig –

Du wärst ja tot, und du müßtest mich hassen, denn ich hätte dir die Pforte des Todes geöffnet. Beizeiten. Hier. Auf der Couch. Behutsam natürlich. Mit viel Rhetorik. Viel Gleitcrème. Geduld an der Pforte, bis sie sich schier unmerklich öffne. Doch es ist die Pforte des Todes. Da hilft alle Intimpflege nichts. Der Tod nämlich, müßtest du wissen, und noch ahntest du's nicht! und ich weiß es doch längst! – kommt von hinten. Im Chlorgeruch, im Eukalyptusduft eines Dampfbades, im schweren Geruch der Narzissen, in den lauen Nächten des Frühlings, im lichten Gebüsch – auf dem Klo. Über die Schüssel gebeugt. Im Pissoir. Unter der goldenen Dusche. In der Badekabine. Am Strand. Im Hotelzimmer. Im Bett. Auf der Couch. Bäuchlings auf altindischer Seide. In die Matratze geritten, bis es kracht. In Grund und Boden. Die Wand hochgestoßen. Über die Bettkante gelegt. Übern Schreibtisch. Den Spieltisch. Den Küchentisch. Über den Badewannenrand gebeugt. Überm Böckchen – egal welchem – reitet der Tod dich von hinten, ein apokalyptischer Reiter –

Und der Tod ist ... ein Steward aus Kanada. Auf einer Kinderschaukel reitet der, als wär's auf dem Spielplatz. In Turnhosen, die goldflimmernden Schenkel gespreizt, die nackten Arme am Seil. Eine Ewigkeit lang schaukelt der zwischen den Bäumen, photographisch verewigt beim Schaukeln, und – urplötzlich springt er dich an. Aus dem Bild heraus. Nimmt dich sanft in den Arm, von hinten, drückt dir sanft einen Kuß in den Nacken, schmiegt sich an dich – sanft, aber unwiderstehlich! Ein unwiderstehlicher Steward aus Kanada, der vom einen zum andern Kontinent reitet, auf himmlischer Schaukel, ist der Tod. Spätestens der! Beinah der Bademeistertyp. Unwiderstehlich wie der Tod ... Du willst doch sein Zeug! Den heißen Atem im Nacken, den Kitzel des Schnäuzers im Nacken, die Waffe entsichert am Anschlag, bist du empfänglich für den Tod! So widerstandslos schon, so elastisch. Von Erz keine Spur. Von Schmerz keine Spur! Nicht einmal beim Eintritt des Todes in dich, denn der Tod, ich sagte es doch, ist ein sanfter Steward, kein Rächer. Mit viel Rücksicht, Gleitcrème, wortlosem Mitgefühl, aus Erfahrung, kein Anbranden, nicht einmal ein Eindringen eigentlich, ein Einschleichen, Zoll um Zoll, sanft, aber unwiderstehlich. Schon schubst dich der Tod Stoß um Stoß die Treppenstufen hinauf bis zum Höhepunkt, diesem Aussichtspunkt, wo die Augen dir aufgehen ... und schubste dich, mit dem Gnadenstoß aus lockerer Hüfte, in den Abgrund am Ende? Von dem Felsen ins Meer? Kopfüber? Und es wäre Teufelsgelächter, das widerhallt an den Klippen? – Aber nein! Dir ist ein Bett in den Lüften bereitet, wenn in den Abgrund des kleinen Todes der Große dich stößt, und er hält dich doch fest, selbst in den Lüften! – während dein irrtümlich bronzen genanntes Auge sich öffnet und schließt um den Balken des Todes, den Balken im Auge, so daß deine Eingeweide, die empfänglichen, empfindlichen, gierig den Tod aufsaugen, die Frucht des Todes auspressen – bis zum letzten Lusttröpfchen des Todes!

Und so hättest du nun den Tod empfangen – und ahntest es nicht. Und so wärst du nun selber der Tod. Und es wäre – zum Heulen?

Nein, hör auf! So einfach ist's nicht. Einfach und schön. Nein. Der goldene Schuß, blauäugig womöglich, ist die Ausnahme. Wie l'homme fatal ja auch, dein schöner Tod, dessen Bildnis du mitnähmst in den Tod – im Augenblick des Todes? Nein. Der Tod ist ... ein Strichjunge aus Deutschland, ein Harald aus Berlin, ein Rächer vom schwarzen Kontinent ... ein dunkeler Keil ... ein goldener Pfeil, ein Junkie aus Zürich, ein kleiner Prophet … Engel du! mit flammendem Schwert! … ein menschlicher Stier im Labyrinth eines Darkrooms … ein unkenntlich waltender Schatten im Dampfbad … und noch einer im Bad … und noch einer im Dampf … ein quantitatives Problem, additiv, kumulativ wahrscheinlich, ein Problem der Wahrscheinlichkeitsrechnung, doch davon verstehen wir nichts, und so sollten wir es studieren? Wahrscheinlichkeitsrechnung studieren statt Theologie? Denn – Gnade ist keine. Nur russisches Roulette. Ein vergleichsweise einfacher Fall der Wahrscheinlichkeitsrechnung … Wahrscheinlich wärst du längst voll von dem Tod, wenn du *dem* Tod begegnetest oder jenem … denn mitten im Leben, sind wir vom Tode umgeben … voll wie du wärst!, randvoll Leben!, satt von dem fruchtbaren Samen des Todes, dem Staub deiner Engel, dem Saft deiner Männer, dem Schleim deiner Knaben, der Milch deiner Nächte, der Milch deiner Mittagsbeischläfer, der Milch der Frühe … Wir trinken sie abends, wir trinken sie morgens, wir trinken sie mittags, wir trinken und trinken … Und schäumten nicht über? … Denn man könnte den Schaum wieder ausstoßen, meinst du, fortwährend ausscheiden, den Shit den städtischen Abwässern übergeben, denn es wär' ja kein Sondermüll? Aber nein! Einmal eingetreten, lagert sich's ab! Wir sagten's doch schon.

Da wärst du mutmaßlich dreißig. In deinen besten Jahren. Den fruchtbarsten. Eine reife Persönlichkeit. Befreit von den letzten Schlacken der Kindheit! Von Mama und Papa befreit. Von den letzten Kinderkrankheiten befreit ... Geschlechtskrankheiten? Kann man doch wegspritzen! ... Befreit, sage ich, vom medizinischen Puritanismus, der puritanischen Sozialethik, der säkularisierten katholischen Moral, vom Kreuze befreit, vom christlichen Eise(n) befreit! Freier Theologe, warum nicht? Freier Angelologe, das ist das Wort! Engelskundler schlicht, als wär's Erdkunde ... Und du hättest einen Atlas der Engel erstellt, wo sie wohnen, und welche? einen Katalog erstellt, eine Strichliste der Engel ... die Engel abgehakt quasi, die Engel bestimmt ... die Blütenlippen der Engel erkundet, die Knospen der Engel entblättert, die Staubfäden der Engel gezählt, die Griffel der Engel erforscht, die Narben der Engel beschrieben, die Engel nach Griffel und Narbe benannt, die Stempel der Engel erkannt ... alle Engel erkannt! Linné der Engel! Du! Todsicher im Umgang mit Engeln. Selbstsicher im Verkehr mit den Bengeln. Freigebig. Herausfordernd. Selig im Geben und Nehmen. Hart beim Austeilen und Einstecken. Selig und hart, ständig hart ... denn jeder Bengel wär' dir n' Engel wert, wäre dir Abbild des Engels, Engelsbotschaft, und die Welt ist doch rundum von Bengeln bewohnt! Abglanz der Engel, soweit das Auge reicht, und über den Horizont hinaus, der kippt, wenn du schaukelst! ... Und es ist nicht eine Frage des Gesichtssinnes nur, Geruch und Gehör, eine Affäre der Haut. Wir sagten es schon. Haptisch, zum Greifen, bis hinter den Horizont! Und du würdest's dir greifen – zupacken tatsächlich –, und du würdest ergriffen, es packte dich nämlich! Ein großer Liebender wärst du – und der Tod!, ausgerechnet du! Engelsmacher! Denn die Botschaft ist nichts als der Tod. Und noch ahntest du's nicht. Und verschenktest dich großzügig und würdest reich beschenkt, und das Geschenk wäre immer der Tod. Der Natur gemäß nichts als der Tod. Denn was könntest du deinen Geliebten anderes schenken, in Liebe? Von deinen Liebhabern anderes empfangen, in Liebe? Als Tod. Und so wüchse der Tod in dir – deinem Bauch? In deinem Mark wüchse der Tod, als wär's der Wahnsinn, in deinen Blutbahnen kreiste der Tod, in deinen Lymphbahnen, in den Lymphknoten, die nicht platzen, denn es ist nicht die Pest, randvoll Tod längst, kreißte der Tod, deine Lymphknoten kreißten – vor Tod, gingen schwanger mit dem Tod, brüteten den Tod aus! In deinen Lymphknoten trägst du den Tod aus, todesträchtig, und ahnst es doch nicht! Und versprühst den Tod deiner Lymphknoten in den Augenblicken der Seligkeit! Und zeugst Tod in den Augenblicken der Lust! Und empfängst Tod in seliger Ohnmacht! Und gebärst endlich – mit Schmerzen, in Wehen – nichts als Tod. Bunte Flecken. Schwarze Geschwüre. Und jetzt wärst du tot. Längst entkommen. Sehr rasch, von niemandem begleitet: zu den Erzengeln?, den Barockputten?, den unsichtbaren Seglern, die schlafen im Flug, als wär' dir ein Grab in den Lüften … Hochfahrend als regenbogenfarbiges Wunder? So daß es die Wächter verbläst? Auf fliegender Seide … in den diesigen Himmel. Mir ganz unähnlich geworden. Dir ganz unähnlich – vollkommen fremd – und ich wäre schuld.

Könnte die Schreibhand mir abbeißen. Mit der Linken mich selber am Ohr nehmen. Nackt auf den Knien. Kriechend … verdammt! … als verhinderter Linkshänder ikonologisch seitenverkehrt … ab in die Hölle, die einschlägige. Ärschlings natürlich. Ob's einschlägt oder nicht.

Du? Bub?

Rasch! Einen Gummi drüber! Einen nachtschwarzen, garantiert reißfesten – geschenkt! – denn Mama käme heim von der Sterbebegleitung? Und so wäre von nichts als vom Sterben die Rede?

Wir wollen es nicht.

Noch leben wir ja.